데미안

이음문고

목차

나는 단지 내 안에서 이끄는 대로 살고 싶었는데
그것이 왜 그리도 힘들었을까?

내 이야기를 하자면 아주 오래 전으로 돌아가야 한다. 되도록이면 오래전으로 거슬러 올라가 꼬마 시절로, 그것도 넘어서 내가 태어나기 전으로 돌아가야 한다.

소설을 쓸 때 작가들은 자신이 신이라도 된 듯 한 인간의 인생을 전부 훤히 아는 것처럼 쓰길 좋아한다. 주인공을 소개할 때도 신의 입장에서 신이 직접 말하듯 조금도 모르는 일이 없는 것처럼 설명한다. 사실 작가에게는 신의 능력이 없으며 내게도 그런 능력은 없다. 어느 작가에게나 자신의 이야기가 중요하지만 내게 나의 이야기는 다른 어떤 이야기보다 중요하다. 나 자신의 이야기이기 때문이고, 작가가 만들어냈거나 존재할 법한 이상적인 인간, 그러니까 존재하지 않는 인간의 이야기가 아니라 단 한 명뿐인 정말로 살아 있는 인간의 이야기이기 때문이다. 정말로 살아 있는 인간이 무엇인지, 요즘은 예전보다 더 모르게 되어버렸다. 인간은 누구나 귀중하고 유일무이한 자연의 작품인데도 무더기로 쏘아 죽이고 있으니 말이다[1]. 만일 우리 각자가 하나뿐인 귀한 존재가 아니라서 총알로 우리를 마음대로 없애버려도 된다면 과거를 이야기하는 일 자체가 무의미할 것이다.

그러나 모든 인간은 그 자신밖에 없고 아주 고유하고 특별한 존재인 데다 모든 인생은 우주에서 단 한 번 스치고 다시는, 되풀이되지 않는 중요하고 신비한

1. 헤르만 헤세가 에밀 싱클레어라는 가명으로 「데미안」을 집필한 시기는 제1차 세계대전 중이었다.

사건과 같다. 그렇기 때문에 모든 인생의 이야기는 중요하며 영원하고 신성하다. 그렇기 때문에 모든 인간은, 그가 자연의 뜻대로 어떻게든 숨이 붙어 있는 한 경이로우며 고귀하다. 모든 인간의 영혼은 육체를 얻었고, 이들 피조물은 저마다 고통받았으며, 이들 각자를 위해 구세주가 십자가에 못 박혔다.

인간이 진정 무엇인지 아는 사람은 드물다. 많은 이가 이 사실을 느끼고 있으며 그들은 그렇지 못한 사람들보다는 조금 더 편안하게 죽는다. 이 이야기를 다 쓰고 나면 나도 더 가벼운 마음으로 죽을 수 있을 것이다.

나 자신을 깨달은 자라고 부르진 못하겠다. 끊임없이 진리를 알고자 했고 여전히 답을 찾고 있지만, 전처럼 별을 보거나 책을 뒤적이는 대신 내 속에 흐르는 피가 들려주는 교훈에 귀를 기울이기 시작했다. 내 이야기는 편안하지 않다. 만들어낸 이야기처럼 달콤하거나 조화롭지도 않다. 모든 인생이 현실을 적나라하게 드러내듯 내 이야기는 어리석음과 혼란, 광기와 망상의 맛이 난다.

모든 인생은 자기 자신에게 이르는 길이며, 그 길을 걷는 시도이자 걸어간 흔적이다. 이제껏 어떤 인간도 온전히 그 자신이 되지 못했다. 그럼에도 불구하고 모두가, 어떤 이는 적당히, 또 어떤 이는 좀 더 온전한 자신이 되려고 저마다 있는 힘껏 애쓴다. 인간은 누구나 제 탄생의 잔해, 즉 태고의 점액과 알껍데기를 죽을 때까지 지니고 다닌다. 대부분은 끝내 인간이 되지 못하고 개구리나 도마뱀 혹은 개미에 머문다. 상반신만 인간이고 하반신은 물고기로 남기도 한다.

그러나 자연은 본래 인간을 만들기 위해 우리를 낳았다. 우리는 예외 없이 어머니 몸에서 태어났으며 어둠 속에서 나왔다. 우리는 그렇게 탄생한 작품으로서 각자 자신의 목표를 향해 나아간다. 우리는 서로를 이해하지만, 각자의 길을 알려줄 수 있는 건 오로지 자기 자신뿐이다.

제1장

두 세계

*

내 이야기는 열 살 무렵 우리 마을 라틴어 학교[1] 시절의 경험부터 시작한다.

그 시절의 다양한 냄새를 떠올리면 고통과 동시에 촉촉한 편안함이 마음을 적신다. 어두운 골목과 환하게 빛나는 집, 교회 탑, 시간을 알리는 종소리와 사람들의 얼굴, 활기 넘치는 따스한 방, 유령이 살 것 같은 비밀스러운 방 모두 비좁은 공간에서 느껴지는 온기와 집토끼 냄새, 하녀들의 냄새, 말린 허브와 과일

1. 독일의 부유층 자녀들이 다니던 사립 학교. 여덟 살부터 열두 살 소년들에게 라틴어, 그리스어, 히브리어를 비롯해 수학과 음악 그리고 종교와 인문학을 가르쳤다.

냄새가 기억난다. 두 개의 세계가 뒤섞였고, 두 세계의 양 끝에서 밤과 낮이 시작되었다.

하나는 아버지의 집인데, 엄밀히 말하면 부모님을 둘러싼 아주 좁은 세계였다. 나는 아버지와 어머니 혹은 엄격과 사랑 혹은 꾸지람과 모범으로 불리는 이 세계를 잘 알았다. 부드러운 빛과 단정함, 청결이 이 세계에 속했으며 잔잔하고 친근한 대화, 깨끗한 손과 정갈한 옷, 바른 자세가 늘 함께했다. 아침마다 찬송가를 부르고 해마다 성탄절을 기념하며 축하했다. 이 세계에는 앞길을 인도하는 바른 길과 지도가 있었다. 더불어 의무와 책임감, 양심과 고백, 용서와 선한 결심, 사랑과 존경 그리고 성경 구절과 잠언이 있었다. 확실하고 깨끗하며 아름답게 정돈된 삶을 원한다면 이 세계에 머물러야 했다.

또 하나의 세계는 우리 집 한가운데 있었다. 이 세계는 전혀 다른 냄새가 났고 구사하는 말은 물론 약속하고 요구하는 내용도 달랐다. 하녀와 일꾼의 세계이며 괴이하고 추잡한 소문이 도는 세계였다. 끔찍하고 매혹적이며 무섭고 알 수 없는 일이 내내 벌어졌다.

도살장과 감옥, 알코올에 중독된 남자들, 서로 싸우는 여자들, 새끼를 밴 암소와 바닥에 쓰러진 말 이야기, 강도와 살인, 자살 사건이 가득했다. 아름답지만 소름 끼치는 야만적이고 끔찍한 일들이 가까운 곳에서, 옆 골목에서, 바로 옆집에서 벌어졌다. 경찰과 불량배는 서로 쫓고 쫓기고, 주정뱅이는 아내를 때리고, 저녁이면 공장에서 젊은 처녀들이 쏟아져 나왔다. 노파가 요술을 부려 사람을 아프게 만들기도 했으며, 강도는 숲에 살았고, 불을 지른 방화범이 경찰에게 붙잡히기도 했다. 아버지와 어머니가 있는 공간을 제외하곤 어디나 강렬한 두 번째 세계가 출렁이며 악취를 풍겼다.

나는 이 모든 게 참 좋았다. 우리 집에 평화와 질서, 편안함이 있고 의무와 양심, 용서와 사랑이 있다는 사실이 근사했고, 이와는 전혀 다른 소란과 소동, 어둠과 폭력의 세계가 존재한다는 사실이 멋졌다. 게다가 언제든 한걸음에 어머니의 품으로 도망칠 수도 있었다.

가장 기이한 것은 두 세계가 서로 맞닿아 있다는 사실이었다. 그것도 아주 가깝게 말이다! 예를 들면 우리 집 하녀 리나는 저녁 기도 시간이면 거실 문 앞에 앉아 빳빳하게 다림질한 앞치마 위에 깨끗이 씻은 두 손을 모으고 밝은 목소리로 찬송가를 따라 불렀다. 이 순간 리나는 아버지와 어머니의 세계, 우리의 세계, 그러니까 밝고 올바른 세계에 속했다. 하지만 곧 부엌이나 창고에서 머리 없는 난쟁이 이야기를 들려주거나, 마을의 좁은 시장 골목에 있는 푸줏간에서 다른 여자들과 싸움을 벌일 때면 전혀 다른 사람이 되었고 전혀 다른 세계에 속한 비밀스러운 존재였다.

모든 게 그런 식인데, 나 자신이 가장 그랬다. 나는 분명 밝고 올바른 세계에 속했고 부모님 자식이었다. 하지만 눈과 귀를 어느 쪽에 두어도 항상 또 다른 세계가 있었다. 어두운 세계는 낯설고 무서웠으며 끊임없이 양심의 가책이 일고 두려웠지만 나는 그 세계에서 살곤 했다. 가끔은 금지된 세계에서 사는 게 가장 좋았다. 밝은 세계로 되돌아와야 할 때면, 어쩔 수 없고 그게 옳은 일이었지만, 어두운 세계보다 아름답지도 않고 지루하며 황량한 세계로 건너오는 느낌이었다. 아버지와 어머니처럼 밝고 깔끔하며 뛰어나고 예의 바른 사람이 되는 게 나의 인생 목표라는 점은 잘 알고 있었다.

하지만 목표에 이르는 길이 너무 멀었다. 먼저 라틴어 학교를 졸업하고 대학에 가서 온갖 시험과 평가를 거쳐야 했다. 게다가 중간에 다른 어두운 세계를 스치거나 통과해야 하는 터, 그 세계에 머물거나 아예 눌러앉는 일도 있었다. 실제로 그렇게 잃어버린 아들에 관한 이야기가 여럿 있었고, 나는 그것을 열심히 읽었다. 그런 이야기는 항상 아버지 집으로 돌아가 선한 사람이 되는 것을 구원이자 훌륭한 일처럼 묘사했는데, 나 또한 전적으로 올바르며 바람직하다고 믿었다.

그러나 악당과 불량한 아들이 등장하는 대목에 마음을 빼앗겼고, 솔직히 말하면 아들이 죄를 고백하며 되돌아가지 않았으면 좋겠다고 생각했다. 하지만 입밖에 내거나 깊이 생각하지는 않았다. 단지 그럴 수도 있다는 느낌만 마음에 간직했다. 악마가 변장하든 본모습을 드러내든 당연히 저 아래 길이나 시장 혹은 술집에 있을 거라 생각했지, 결코 우리 집에 있으리라고는 상상하지 못했다.

누나들은 당연히 밝은 세계에 속했다. 내가 보기엔 근본적으로 아버지와 어머니에게 더 가까웠으며,

나보다 착하고 얌전하며 웬만해서는 실수도 하지 않았다. 누나들에게도 단점이 있었지만 내 눈에는 가벼워 보였다. 반면 나는 어두운 세계와 가까웠기 때문에 어둠과의 만남이 더 힘들고 고통스러웠던 것 같다. 누나들은 부모님과 마찬가지로 보호하고 존중해야 하는 존재였다. 어쩌다 다투기라도 하면 양심에 찔려서 내가 나빴다고 용서를 빌었다. 누나들을 모욕하는 것은 선함과 도덕 그 자체인 부모님을 모욕하는 기분이었기 때문이다.

누나들보다 골목의 불량한 소년에게 털어놓는 게 마음 편한 비밀도 있었다. 기분이 좋고 양심에 걸리는 것이 없는 날이면 누나들과 놀면서 나도 그들처럼 선하고 예의 바른 아이가 되어, 착하고 고귀해 보이는 내 모습을 즐기기도 했다. 천사가 있다면 그런 모습일 것이다! 어린 시절 내게 가장 훌륭한 존재는 천사였다. 만일 내가 크리스마스와 행복을 떠올리는, 밝은 음악과 좋은 향기에 둘러싸인 천사가 된다면 정말 달콤하고 환상적일 것 같았다.

하지만 그런 날은 드물었다. 아무리 순수하고 무해

하며 아이들에게 허용되는 행동이라도 장난에 너무 깊이 몰두한 나머지 누나들을 기분 상하게 만들어 말다툼을 하곤 했다. 그러다 화가 치밀어 오르면 내 말과 행동이 지나치다는 것을 알면서도 아주 못되게 굴고 심한 말을 내뱉었다. 그 뒤에는 항상 불편하고 캄캄한 후회의 순간이 찾아왔고, 나는 용서를 빌며 고통스러운 시간을 보내야 했다. 그래야만 다시 밝은 빛이 비치는, 빈틈없이 고요하고 감사한 행복을 몇 시간 혹은 잠시나마 느낄 수 있었기 때문이다.

나는 라틴어 학교를 다녔다. 우리 반에는 시장 아들과 산림청장 아들도 있었는데 가끔 함께 어울리곤 했다. 장난이 심했지만 선하고 올바른 세계에 속한 아이들이었다. 나는 같은 반 아이들이 멸시하는, 공립학교에 다니는 이웃 소년들하고도 친하게 지냈다. 내 이야기는 그들 중 한 아이와 있었던 일에서 시작된다.

내가 막 열 살이 되었을 때였다. 수업이 없는 날 오후 이웃 아이 둘하고 어울려 노는데 갑자기 덩치 큰 소년이 우리에게 다가왔다. 공립학교에 다니는 힘이 세고 거친 아이였다. 재봉 일을 하는 아버지는 알코올 중

독자였고 다른 가족도 평판이 나빴다. 열세 살쯤 된 소년의 이름은 프란츠 크로머였다. 나는 전부터 그를 알고 무서워했기 때문에 그가 우리에게 다가오자 기분이 좋지 않았다. 그는 벌써 어른스럽게 행동했고 공장에서 일하는 젊은 일꾼들의 걸음걸이와 말투를 흉내 냈다.

크로머는 다짜고짜 다리 밑으로 갈 것을 명령했고, 우리는 강가에 이르러 첫 번째 다리 기둥 아래, 사람들 눈에 잘 안 보이는 곳에 자리를 잡았다. 아치 모양의 다리 기둥과 느릿느릿 흐르는 강물 사이의 좁은 강변은 쓰레기로 가득했다. 각종 파편과 잡동사니, 녹슨 철사와 다른 쓰레기가 마구 뒤엉켜 있었다. 하지만 쓸만한 물건도 보였다.

우리는 프란츠 크로머가 시키는 대로 그 부근을 살피며 찾아낸 것을 그에게 보여주어야 했다. 크로머는 자기 주머니에 집어넣거나 강물에 던졌다. 그는 특히 납이나 구리, 주석으로 만든 게 있는지 잘 보라고 지시한 뒤 그런 물건이 나오면 모두 챙겼다. 뿔로 만든 낡은 빗도 제 주머니에 넣었다.

나는 크로머와 함께 있는 것이 몹시 불안했다. 아

버지가 이 구역에 가는 것을 금지했기 때문에 들킬까봐 두려웠다기보다 프란츠가 무서웠다. 한편으론 그가 나를 다른 아이들과 똑같이 대하는 게 기뻤다. 그는 명령했고 우리는 복종했다. 직접 만난 것은 처음이지만 우리는 오래전부터 그래온 것처럼 그를 따랐다.

마침내 바닥에 앉아 쉴 수 있었다. 강물에 침을 뱉는 프란츠가 어른 같아 보였다. 앞니 사이로 침을 뱉어 원하는 위치에 정확히 맞혔다. 우리는 평범한 소년들처럼 각종 모험담을 늘어놓으며 누가 더 나쁜 짓을 했는지 비교하는 등 허풍을 떨었다. 나는 잠자코 있으면서도 말 한마디 안 하는 걸 크로머가 언짢아할까봐 겁이 났다. 두 친구는 처음부터 나와 떨어져 크로머에게 붙었고, 나는 이방인처럼 가만히 있었다. 그들과 나는 옷차림은 물론이고 행동거지도 달랐다. 라틴어 학교에 다니는 중산층 아이인 나를 프란츠 크로머가 좋아할 리 없었고, 다른 아이들도 언제든지 돌변하여 나를 따돌릴 수 있는 일이었다.

결국 두려움 때문에 잡담에 가세하여 대담한 도둑의 이야기를 만들어냈다. 이야기의 주인공은 나였다.

한밤중에 친구들과 길모퉁이 방앗간 옆에 있는 밭에 숨어들어가 사과를 한 포대나 훔쳤다는 이야기였다. 그것도 보통 사과가 아니라 가장 좋은 품종과 가장 비싼 사과만 골라서 훔쳤다고 말이다. 두려움 때문에 시작했지만 나는 곧 이야기에 심취했다. 이야기를 꾸며내는 것은 내가 가장 잘하는 일이기도 했다. 이야기를 금방 끝내기도 싫었지만 상황이 더 안 좋아질 수도 있어서 내 재능을 남김없이 발휘했다. 우리가 나무에 올라가 사과를 따는 동안 한 친구가 계속 망을 봤으며, 사과 포대가 너무 무거워서 일단 반만 밖으로 가지고 나온 뒤 다시 돌아가 나머지 반을 가져왔다는 자세한 설명을 덧붙였다.

이야기를 끝내며 박수갈채를 예상했다. 이야기를 지어내는 데 푹 빠져서 한껏 들뜨고 말았던 것이다. 그러나 아이들은 프란츠 크로머의 반응을 기다릴 뿐 아무 말도 하지 않았다.

프란츠가 눈을 가늘게 뜨고 노려보며 위협적인 목소리로 물었다. "그거 진짜야?"

"당연하지." 내가 대답했다.

"확실히 진짜 그랬다는 거지?"

"그래, 확실히 진짜 그랬어." 나는 뻔뻔하게 단언했지만 속으로는 무서워서 숨이 막힐 것 같았다.

"맹세할 수 있어?"

두려움에 몸이 덜덜 떨렸지만 나는 곧바로 그렇다고 대답했다.

"그러면 신과 영원에 대고 맹세해봐!"

"신과 영원에 대고 맹세해."

"그렇다면야…." 그는 더 이상 다그치지 않고 몸을 돌렸다.

나는 그걸로 일이 마무리되었다 생각했고, 마침내 프란츠가 몸을 일으켜 돌아가자고 말해서 기뻤다. 그리고 다리 위에 이르렀을 때 그만 집에 가봐야겠다고 소심하게 말했다.

"그렇게 서두를 거 없어. 어차피 같은 길로 가잖아." 프란츠가 웃으며 말했다.

그가 느릿느릿 다시 앞장을 섰기 때문에 더 이상 대꾸할 수 없었지만, 그는 정말 우리 집 방향으로 걸어갔다. 마침내 집 앞에 도착하여 우리 집 대문과 두툼한 놋쇠 초인종, 창문에 비친 햇살과 어머니 방에 걸린 커튼이 보이자 마음속 깊이 안도했다. 집이다! 집으로, 밝은 곳으로, 평화로 돌아가는 길은 얼마나 축복받은 길인가!

급히 문을 열고 들어가 대문을 닫으려는데 프란츠 크로머가 재빨리 따라 들어왔다. 프란츠는 멀리 정원의 불빛이 보이는 어둡고 서늘한 진입로에 서서 내 팔을 잡고 나지막이 말했다. "그렇게 서두를 거 없다고, 이 자식아!"

나는 겁에 질려 그를 쳐다보았다. 내 팔을 붙잡은 그의 손이 강철처럼 단단했다. 순간 그가 무슨 짓을 할까, 혹시 나를 때리지는 않을까 생각했다. 만약 지금 큰 소리를 낸다면 누군가 내려와서 나를 도와줄 수 있을까도 생각해봤지만 곧 포기했다.

"왜 그래? 나한테 바라는 거라도 있어?" 내가 물었다.

"별거 아냐. 너한테 물어볼 게 있어. 다른 애들은 알 필요 없는 일이야."

"그래? 내가 대답해줘야 하는 게 있어? 나 빨리 들어가야 해."

"너도 모퉁이 방앗간 옆 과수원 주인이 누군지 알지?" 그가 조용히 물었다.

"아니, 모르겠는데. 아마 물레방앗간 주인 아닐까?"

프란츠는 내게 팔짱을 끼고 얼굴이 맞닿을 정도로 나를 끌어당겼다. 심술궂은 눈을 빛내며 악의에 찬 미소를 지었고, 그 표정은 한없이 잔인하고 오만했다.

"그래, 꼬맹아, 그 과수원이 누구 건지 내가 알려주지. 난 그 과수원에서 누군가 사과를 훔쳤다는 사실을 알고 있어. 과수원 주인이 도둑을 알려주는 사람에게 2마르크[2]를 주겠다고 말한 사실도 말이야."

"맙소사! 너 설마 과수원 주인에게 일러바칠 생각이야?" 나는 놀라서 소리쳤다.

나는 그의 양심에 호소하는 건 소용없는 일이라는 것을 깨달았다. 그는 다른 세계의 사람이었고, 일러바치는 것쯤은 아무 일도 아니었다. 나는 똑똑히 알고 있었다. 이런 문제에 관한 한 '저쪽 세계' 사람들은 우리 세계 사람들과 전혀 달랐다.

"일러바칠 생각이냐고?" 크로머가 웃으며 말을 이

2. 독일의 옛 화폐.

었다. "이봐, 넌 내가 화폐 위조라도 할 수 있어서 2마르크쯤은 마음대로 만들어낼 거라고 생각하는 거야? 나는 가난한 집에서 자랐고 너처럼 부유한 아버지가 없어. 2마르크를 받을 수 있다면 무조건 받아야지. 어쩌면 더 받을 수 있을지도 몰라."

그러곤 갑자기 나를 놓아주었다. 우리 집 정원 진입로는 더 이상 평화롭고 안전한 장소가 아니었다. 나의 세계가 무너지고 있었다. 그가 나를 도둑으로 고발한다면, 그 사실이 아버지 귀에 들어갈 터였다. 심지어 경찰이 집으로 찾아올 수도 있었다. 여러 가지 공포가 뒤죽박죽되어 나를 에워싸는 가운데 각종 위험과 고통이 들이닥쳤다. 내가 아무것도 훔치지 않았다는 사실은 중요하지 않았다. 조금 전에 맹세까지 하지 않았는가! 아아, 어쩌지!

눈물이 왈칵 쏟아졌다. 나는 대가를 치러야 이 상황에서 벗어날 수 있음을 깨닫고 절망적으로 호주머니를 뒤졌다. 사과도 주머니칼도 없었다. 주머니엔 아무것도 없었다. 갑자기 손목시계가 떠올랐다. 할머니가 쓰던 오래된 은시계인데 더 이상 작동하지 않아도

'그냥' 차고 다녔다. 나는 급히 시계를 풀었다.

"크로머, 나를 고발하면 안 돼. 그건 비겁한 짓이야. 여기 이 시계를 줄게. 이것 말고는 가진 게 없어. 이거 가져. 은으로 만든 진짜 좋은 시계야. 약간 고장 났지만 고치면 돼."

크로머가 씩 웃으며 커다란 손으로 시계를 쥐었다. 그의 손은 거칠고 위협적이었다. 그 손이 내 목숨과 인생을 쥐는 것 같았다.

"은으로 만든 거야." 내가 소심하게 설명했다.

"네 은이나 낡은 시계 따위엔 관심 없어!" 그가 경멸하듯 말했다. "이 시계는 네가 알아서 고쳐!"

"하지만 프란츠, 잠깐만 기다려봐!" 그가 가려고 하자 겁이 났다. "그 시계 가져! 진짜 은으로 만든 거야. 정말이야, 그것 말고는 가진 게 없어."

크로머가 싸늘한 표정으로 쳐다보았다. "그렇다면 내가 누구에게 갈지 잘 알겠지? 경찰한테 말할 수도 있어. 내가 경관님을 좀 잘 알거든."

그가 몸을 돌려 대문 밖으로 나가려 하자 나는 그의 팔을 붙잡았다. 크로머를 그냥 가게 놔둘 수는 없었다.

그가 이대로 나가서 벌어질 일을 견디느니 차라리 죽고 싶었다.

"프란츠, 제발 엉뚱한 짓은 하지 말아줘! 너 설마 재미로 그러는 건 아니지?" 나는 긴장한 탓에 쉰 목소리로 애원했다.

"재미있고말고! 너 같은 아이는 더 재미있어."

"내가 무엇을 하면 되는지 말해줘! 하라는 건 뭐든지 할게!"

그는 눈을 내리깔고 나를 응시한 뒤 다시 웃었다. "바보같이 굴지 마!" 그가 비꼬면서 말했다. "이미 잘 알고 있잖아. 내가 2마르크를 벌 수 있다는 것, 나는 그 2마르크를 버릴 만큼 부자가 아니라는 것도. 하지만 너는 부자고 심지어 시계도 차고 다니지. 나한테 2마르크만 주면 된다고!"

비로소 그의 논리가 이해되었다. 하지만 2마르크라니! 나에겐 10마르크, 100마르크, 1000마르크와 다름없는 큰돈이었다. 나는 돈이 없었다. 삼촌이나 다른 손님이 집에 왔을 때 받은 10페니[3]와 5페니짜리 동전

3. 1마르크는 100페니.

몇 개가 어머니 방의 저금통에 있었지만, 가진 돈이라곤 그게 전부였다. 아직 용돈 받을 나이가 아니기 때문이었다.

나는 슬픈 목소리로 말했다. “나는 돈이 없어. 하지만 돈 말고는 뭐든지 줄게. 인디언과 군인이 나오는 책도 있고 나침반도 하나 있어. 원하면 다 줄게.”

크로머가 심술궂은 입을 씰룩하더니 땅에 침을 뱉었다. “헛소리는 집어치워!” 그가 명령하듯 말했다. “그깟 잡동사니는 너나 가져. 나침반이라고? 날 화나게 만들지 말고 잘 들어. 돈을 가져와!”

“하지만 난 돈이 없어. 용돈을 받지 않는다고. 나도 어쩔 수 없는 일이야!”

“그럼 내일까지 2마르크를 가져와. 학교 끝나고 시장에서 기다릴게. 그럼 끝나. 돈을 가져오지 않으면 어떻게 되는지 너도 알지?”

“그래. 하지만 내가 어떻게 돈을 마련하지? 맙소사, 나는 돈이 전혀 없는데.”

“알아서 해. 너희 집은 돈이 많잖아. 내일 학교 끝날 때까지다. 다시 말하는데 만약 돈을 가져오지 않으면.”

그는 무시무시한 표정으로 나를 노려보고는 침을 뱉더니 순식간에 그림자처럼 사라졌다.

· · · · ·

나는 차마 집에 들어갈 수 없었다. 내 인생은 망가져 버렸다. 집을 나가서 다시는 돌아오지 않거나 강물에 뛰어내려야겠다고 생각했다. 하지만 그것도 뾰족한 수는 아니었다. 어둑어둑한 하늘 아래 집으로 올라가는 계단에 주저앉아 몸을 웅크린 채 내게 찾아온 불행만 생각했다. 마침 하녀 리나가 장작을 가지러 바구니를 들고 나왔다가 내가 우는 것을 발견했다.

나는 리나에게 아무한테도 말하지 말라고 부탁하곤 집으로 들어갔다. 유리문 옆 옷걸이에 아버지의 모자와 어머니의 양산이 걸려 있었고, 그것을 보는 순간 안도감과 정감이 몰려왔다. 내 마음은 마치 버림받은 아들처럼 오래된 거실 풍경과 냄새에 애정과 감사를 느꼈다. 하지만 아버지와 어머니의 밝은 세계에 속한 모든 것은 이제 더 이상 나와 상관이 없었다.

나는 죄를 짊어지고 낯선 물결 아래로 깊이 가라앉았다. 물속은 위험과 죄악이 가득했고 나를 위협하는 적과 위험, 두려움, 치욕이 기다렸다. 부모님의 모자와 양산, 친근한 돌바닥, 복도 서랍장 위에 걸린 커다란 액자 그리고 거실에서 들리는 누나들의 목소리. 그 모든 것이 갑자기 사랑스럽고 부드럽고 근사하게 느껴졌으나 이제 위로나 안정감을 주는 대신 나를 비난하는 것 같았다. 모든 것이 더 이상 내 것이 아니었다. 나는 이 세계의 밝은 잔잔함을 더 이상 나눠 가질 수 없었다. 내 발에는 발 매트에 쓱쓱 털어버릴 수 없는 더러움이 묻어 있었다.

나는 우리 집의 밝은 세계가 알지 못하는 그림자를 안고 있었다. 이전의 비밀과 걱정은 오늘 내가 지고 온 짐에 비교하면 모두 장난에 불과했다. 운명이 달려오며 어두운 손을 뻗쳤지만 어머니조차 나를 보호해 줄 수 없었고 이 사실을 알아도 곤란했다. 내 잘못이 도둑질이든 거짓말이든 (신과 영원에 대고 잘못된 맹세를 하지 않았는가?) 상관없었다.

내 죄목은 도둑질도 거짓말도 아니고 악마에게 손을

내민 것이었다. 대체 왜 그들과 함께 놀았을까? 왜 아버지에게 복종하는 것보다 더 크로머에게 복종했을까? 왜 사실이 아닌 도둑질 이야기를 꾸며낸 것일까? 영웅담이라도 들려주는 것처럼 범죄 행각을 자랑하고 말이다. 이제 악마가 내 손목을 잡았고, 등 뒤에서는 적이 나를 쫓아왔다.

아주 잠깐 동안은 내일이 다가온다는 사실마저 두렵지 않았다. 내 인생이 점점 낭떠러지로, 컴컴한 어둠 속으로 향한다고 생각하자 온몸에 소름이 돋았기 때문이다. 내 잘못으로 인해 또 다른 잘못이 이어질게 분명했다. 누나들이 보는 내 모습, 부모님에게 하는 인사와 입맞춤은 모두 거짓이 될 테고, 이제 내 운명과 비밀을 가족들에게 숨겨야 했다.

아버지의 모자를 바라보며 잠시 기대와 희망이 생기기도 했다. 사실대로 고백하고 아버지의 판결과 벌을 받을 생각이었다. 아버지는 내 편이 되어 나를 구원해줄 터였다. 가끔 견뎌야 했던 속죄의 순간들처럼 그 무겁고 고통스러운 시간을, 힘들고 후회 가득한 마음으로 용서를 빌면서 한 번만 다시 견디면 되는 것이었다.

생각만 해도 얼마나 달콤한지! 얼마나 마음이 편해질까! 하지만 그런 일은 일어나지 않을 것이다. 내가 그렇게 하지 않으리라는 걸 알았다. 이 비밀과 빚은 오로지 나 혼자만 알고 해결해야 했다. 나는 갈림길에서 있었는지도 모른다. 어쩌면 영원히 어둠의 세계에 속하여 악한 사람들과 비밀을 공유하고, 그들에게 종속되고, 그들에게 복종하며 그들과 똑같은 삶을 살아갈 수도 있었다. 어른이 된 것처럼, 영웅이 된 것처럼 굴었으니 이제 그 행동에 책임을 져야 했다.

집에 들어섰을 때 아버지가 내 젖은 신발을 나무라기 시작하자 나는 몹시 기뻤다. 그렇지만 아버지는 더 심한 문제를 알아채지 못했고 나는 비밀을 계속 감출 수 있었다. 그때 내 안에서 독특하고 낯선 감정이 생겨났다. 아버지보다 내가 훨씬 우월하게 느껴지는, 반항심과 악의로 가득한 날카로운 감정이었다. 한순간 나는 고작 젖은 장화밖에 책망할 줄 모르는 아버지의 무지함이 우스웠다. '아무것도 모르면서!'라고 생각했다. 아버지는 살인을 저질렀다고 자백할 마음이 있는 범인에게 빵을 훔친 것만 추궁하고 있었다.

불쾌하고 옳지 않은 감정이지만 마음속 깊이 강력하게 파고들었고, 이제 내 비밀과 실수를 안으로 단단히 묶었다. 어쩌면 크로머는 벌써 경찰에게 나를 고발했을지도 모른다. 모두가 나를 어린아이로 여기는 지금 이 순간에도 먹구름은 몰려오고 있었다!

지금까지 이야기한 내용은 내게 가장 중요하게 남아 있는 경험이다. 아버지의 신성함에 처음으로 균열이 생겼고, 어린아이인 내가 의지해온 기둥에 처음으로 도끼 자국이 생겼다. 사람은 누구나 자기 자신이 되기 위해 의지하던 기둥을 베어버려야 한다. 아무도 모르는 이런 경험을 통해 우리 내면에 운명을 그리는 선명한 선이 생겨난다. 균열과 도끼 자국은 다시 아물고 회복되어 잊히지만 은밀한 곳에 생긴 상처는 계속 남아서 피를 흘린다.

나는 그 낯선 감정에 소름이 끼쳐서 곧 아버지의 발에 입을 맞추며 용서를 빌고 싶어졌다. 그러나 생각한 것을 두고 용서를 구할 수 없다는 사실쯤은 현자가 아닌 어린아이라도 알았다.

나는 내일을 대비해 고민해야 했지만 그럴 수가 없

었다. 바뀌어버린 거실 분위기에 적응하느라 저녁 내내 애써야 했던 것이다. 벽시계와 책상, 성경과 거울, 책장과 그림이 내게 작별 인사를 했고, 나는 마비될 것만 같은 심장을 붙잡고 나의 세계, 나의 선하고 행복한 삶이 과거로 흐르며 나와 분리되는 것을 바라봐야만 했다. 동시에 내가 바깥의 어둡고 낯선 세계에 깊이 뿌리내려 더 이상 움직일 수 없음을 느꼈다. 태어나서 처음으로 죽음을 맛보았다. 죽음에선 쓴맛이 났다. 죽음은 곧 탄생을 뜻하며 새롭게 벌어질 끔찍한 변화에 대한 두려움과 공포를 의미했다.

마침내 침대에 눕자 기뻤다! 잠자리에 들기 전 마지막 연옥인 저녁 기도 시간에 우리 가족은 나를 위해 기도했다. 내가 가장 좋아하는 찬송가도 불렀지만 나는 따라 부르지 않았다. 모든 음이 쓰디쓴 독처럼 느껴졌다. 아버지가 축복 기도를 할 때도 나는 기도하지 않았고, "우리와 함께 하소서!"라는 마지막 구절을 욀 때는 당장 그 자리에서 도망치고 싶었다. 자비로운 신은 모두와 함께 했지만, 더 이상 나와는 함께 있지 않았다. 기도 후 내 방으로 가는 길이 춥고 피곤했다.

잠시 동안 침대에 가만히 누워 있으니 온기와 편안함이 느껴졌고, 다시 낮의 일이 떠올랐다. 두려움이 마음을 불안하게 흔들었다. 어머니는 평상시처럼 잘 자라는 인사를 해주었다. 어머니의 발소리가 방에서 멀어지기 전, 촛불 빛이 아직 문틈으로 들어올 때, 어머니가 다시 방에 들어오길 바랐다. 어머니가 다시 들어온다면 내 문제를 눈치 챌 것이다. 내게 입을 맞춘 뒤 온화하고 자애롭게 무슨 일이 있었는지 물어볼 것이다. 나는 엉엉 울면서 마음의 짐을 내려놓고 어머니 품에 안겨 모든 일을 고백할 생각이었다. 이제 구원받을 것이다! 그러나 문틈은 어두워졌고, 나는 귀를 기울인 채 마음속으로 어머니를 향해 다시 돌아오라고 간절히 외쳤다.

이젠 정말 내 일에 집중하고 적을 떠올려야 했다. 선명한 얼굴이 눈앞에 떠올랐다. 그는 한쪽 눈을 가늘게 뜨고 거칠게 웃었다. 계속 참고 바라보자 그의 모습은 더 크고 흉측해졌다. 사악한 두 눈이 악마처럼 빛났다. 그는 잠들기 직전까지 눈앞에 있었지만 꿈에서는 그나 오늘 일어난 일이 나타나지 않았다. 대신 휴가 때 부모님이랑 누나들과 함께 탄 보트에 평화와 햇빛이 가득한 꿈을 꾸었다. 한밤중에 눈을 떴을 때도 평화로운 느낌이 조금 남아 있었고, 햇살에 반짝이는 누나들의 하얀 선드레스가 보이는 듯했다. 그러나 천국은 곧 현실로 변했고, 적의 사악한 두 눈이 다시 나를 노려보았다.

아침이 되자 어머니가 급하게 올라와서 이 시간까지 침대에 누워 있는 이유를 물었다. 나는 상태가 안 좋았고, 어머니가 어디가 안 좋은지 묻는 순간 구역질을 했다.

일단은 유익한 행동이었다. 몸이 안 좋다고 말한 뒤 오전 내내 허브차를 마시며 침대에 누워 어머니가 옆방 침대를 정리하는 소리, 리나가 복도에서 정육점 주인에게 인사하는 소리를 듣는 게 행복했다. 학교에 가지 않아도 되는 오전은 왠지 마법 같고 동화 같았다. 방으로 들어오는 햇빛은 교실의 초록색 커튼 사이로 들어오는 햇빛과 전혀 다르게 느껴졌다. 하지만 그것조차 오늘을 좋게 만들지 못하고 불협화음을 내는 듯했다.

죽을 수 있다면 좋을 텐데! 하지만 늘 그렇듯이 나는

아주 조금 아플 뿐 죽을 정도는 아니었다. 몸이 안 좋다는 핑계는 학교에나 가능할 뿐 11시에 시장 앞에서 기다릴 크로머로부터 나를 보호해주진 못했다. 어머니의 친절함도 위로가 되지 않았다. 나는 어머니가 성가시고 불편했다. 그래서 자는 척하며 눈을 감고 생각했다. 내게 도움이 될 만한 건 아무것도 없었다. 나는 11시까지 시장에 가야 했다. 10시쯤 조용히 일어나 몸이 좋아졌다고 말했다. 평상시라면 다시 침대에 눕거나 오후에는 학교에 가보겠다는 의미였다. 학교에 가고 싶다고 말했다. 나에겐 계획이 있었다.

돈이 없으면 크로머에게 갈 수 없었다. 내 작은 저금통을 가져와야 했다. 충분하진 않지만 약간의 돈이 들어 있었다. 내 예감은 한푼도 없는 것보다 약간이라도 있는 게 나을 테고 최소한 크로머를 달랠 수 있을 거라 말했다.

양말 바람으로 어머니 방에 들어가 책상에서 저금통을 꺼내 오는 동안 내 기분은 끔찍했다. 하지만 어제처럼 끔찍하진 않았다. 심장이 뛰어 질식할 것 같았는데, 계단 밑에 숨어 살피다가 저금통이 잠긴 것을 발견했을 땐 숨이 멎을 뻔했다. 얇은 금속판만 뜯어내면 저금통이 열리겠지만, 마음이 아팠다. 태어나서 처음으로 도둑질을 한 것이다. 그때까지 내가 한 짓이라고 해봐야 부엌에서 음식이나 설탕, 과일을 훔쳐 먹은 게 전부였다. 그런데 비록 내 저금통이지만 그 안에 든 돈을 훔쳤다. 한 단계씩 나락으로 떨어지듯 나는 다시 크로머와 크로머의 세계에 한 발짝 가까워졌다는 것을 느꼈고, 그렇게 되지 않으려고 고집을 부렸다.

악마가 나를 데리러 온다면 내게는 더 이상 돌아갈 길이 없었다. 나는 두려워하면서 돈을 세기 시작했다. 저금통은 묵직했지만 손에 잡아보니 초라했다. 모두 합해서 65페니였다. 아래층 복도에 저금통을 숨기고 돈만 꺼내서 집을 나섰다. 늘 지나는 현관이지만 오늘은 느낌이 달랐다. 위에서 누군가 나를 부르는 것 같아 급하게 뛰어나왔다.

아직 시간이 남았고, 나는 조금 달라진 도시의 골목을 따라서 길을 돌아갔다. 난생처음 보는 듯한 구름 아래로 나를 노려보는 집들을 지나고 나를 의심스럽게 바라보는 사람들을 지나쳐서 걸었다. 같은 반 친구가 길을 가다 가축 시장 앞에서 1탈러[4]를 주웠다는 이야기가 떠올랐다. 내게도 같은 기적을 베풀어달라 기도하고 싶었다. 하지만 나는 기도할 자격이 없었다. 게다가 1탈러를 줍는다 해도 내 저금통은 이전의 온전한 모습으로 되돌아가지 못할 터였다.

프란츠 크로머가 멀리서 나를 알아보았다. 하지만 그는 나를 신경 쓰지 않는다는 듯 천천히 걸었다. 나와의 거리가 가까워지자 크로머는 따라오라고 명령하는 듯한 눈짓을 보냈다. 그러곤 한 번도 뒤돌아보지 않고 천천히 슈트로 골목을 지나 오솔길로 들어서서는 새로 짓는 집들 중 마지막 집이 있는 곳까지 가서야 발길을 멈추었다. 공사하는 인부도 없고 창문도 현관문도 없었다. 크로머가 주변을 살핀 뒤 안으로 들어갔고, 나도 따라 들어갔다. 그는 벽 뒤로 돌아가 나를 향해 서더니 손을 내밀었다.

"가져왔어?" 그가 싸늘하게 물었다.

나는 주먹 쥔 손을 주머니에서 꺼내 그의 손바닥에 돈을 털어냈다. 크로머는 내가 마지막 5페니를 떨어

4. 1탈러는 3마르크.

뜨리기도 전에 돈을 세기 시작했다.

"65페니뿐이잖아." 그가 나를 노려보았다.

"맞아." 나는 소심하게 대답했다. "내가 가진 전부야. 너무 적다는 건 나도 알아. 하지만 이게 전부야. 더 이상은 가진 게 없어."

"네가 더 똑똑한 줄 알았는데." 크로머가 온화한 어조로 비난했다. "명예를 중요시하는 남자들에겐 지켜야 하는 도리가 있어. 너에게 부당한 걸 요구하는 게 아니야. 무엇이 옳은지는 너도 알겠지. 네 동전들 가져가. 자! 아마 그는, 너도 그가 누군지 알겠지만, 나한테 흥정하지 않을 거야. 바로 돈을 줄 거라고."

"하지만 난 이것 말고는 가진 게 없어! 이게 저금한 돈 전부야."

"그건 네 사정이지. 하지만 너를 불행하게 만들고 싶지 않아. 넌 이제 나한테 1마르크 35페니를 빚진 거야. 언제쯤 받을 수 있을까?"

"물론 갚을 거야, 크로머! 지금 당장은 모르겠지만, 어쩌면 곧 돈을 받을지도 몰라. 내일 아니면 내일모레. 너도 알겠지만 아버지에게 부탁할 수는 없어."

"그건 나랑 상관없어. 나는 네게 피해가 가기를 바라는 그런 인간이 아니야. 오전 중에 내 돈을 받을 수도 있었어, 알지? 나는 가난해. 그런데 너는 좋은 옷을 입고 점심에도 나보다 좋은 음식을 먹겠지. 그래도 나는 일러바치지 않을 거야. 어찌되든 기다릴 생각이야. 내일모레 오후에 휘파람을 불겠어. 그러면 넌 돈을 가져오는 거야. 내 휘파람 소리 알지?"

그가 휘파람을 불었다. 들은 적이 있는 소리였다.

"응 알고 있어."

그는 더 이상 아무 볼 일도 없는 것처럼 가버렸다. 그와 나 사이에는 거래만 있었고, 그게 전부였다.

· · · · ·

지금도 크로머의 휘파람 소리를 듣는다면 깜짝 놀랄 것 같다. 그날 이후 그 소리를 자주 들었고, 평생 들을 거라 믿었다. 그 순간부터 내 운명이 되어 나를 쥐고 흔든 그 휘파람 소리는 내가 어디에 있든, 뭘 하고 놀든, 공부를 하든, 무슨 생각을 하든 항상 나를 따라

다녔다. 나는 부드러운 생기가 가득한 가을 오후면 정말 사랑하는 우리 집 작은 꽃밭에서 시간을 보내곤 했다. 옛날에 즐기던 유치한 놀이를 다시 시도하고픈 별난 충동이 일었다. 그 놀이를 하는 동안은 적어도 나보다 어리고 선하고 자유로우며 죄가 없는 보호받는 소년이 될 수 있을 것 같았다.

하지만 놀이를 하고 있으면 기다렸다는 듯이, 하지만 언제나 소름 끼칠 정도로 갑작스럽게 크로머의 휘파람 소리가 들려와 흥을 깨고 상상을 무너뜨렸다. 그러면 나는 황량하고 음침한 장소까지 녀석을 따라가 돈을 주지 못하는 이유를 말해야 했고, 이어서 내가 갚아야 할 금액을 상기시키는 경고의 말을 들어야 했다. 그 관계가 몇 주 동안 계속되었을 것이다. 당시의 나에겐 몇 년인 것처럼, 영원처럼 느껴졌다.

드물게 돈이 생기기도 했다. 리나가 장바구니를 주방 탁자에 놔두고 잊어버릴 때면 5페니나 10페니짜리 동전을 몰래 훔칠 수 있었다. 하지만 크로머는 만날 때마다 나를 꾸짖으며 경멸의 말을 쏟았다. 나야말로 그를 속이고 착취하며 마땅히 받아야 할 돈을 주지 않아 자신을 불행하게 만드는 주범이라고 했다! 내 인생에 그토록 깊은 궁지에 몰린 적이 없었고, 그렇게 아무 희망도 없이 지배당한 적이 없었다.

예의 그 저금통에는 장난감 동전을 담아 원래의 자리에 돌려놓았다. 아무도 저금통에 관해 묻지 않았지만 언제든지 추궁당할 수 있었다. 나는 크로머의 거친 휘파람 소리보다 어머니가 더 두려웠다. 어머니의 나직한 발소리가 들리면, 내게 와서 저금통에 대해 물어볼까 봐 두려웠다.

내가 자꾸 빈손으로 나타나자 나의 악마는 이제 다른 방식으로 나를 괴롭히고 이용하기 시작했다. 크로머는 나에게 여러 가지 일을 시켰다. 그의 아버지가 배달을 시키면 내가 대신 전달해야 했다. 그 밖에도 어려운 과제를 주었다. 가령 10분 동안 한 발로 뛰거나, 지나가는 사람의 옷자락에 쓰레기를 매달라고 했다. 나는 밤마다 크로머가 시키는 대로 해야 하는 꿈을 연이어 꾸면서 가위에 눌려 땀을 뻘뻘 흘렸다.

한동안 몸이 아팠다. 자주 토했고 으슬으슬 춥다가도 밤이 되면 열이 올라 땀을 흘렸다. 어머니는 무언가 잘못되었다는 것을 알아채고 정성스럽게 보살펴주었는데, 그것이 나를 더 괴롭혔다. 어머니에게 신뢰로 보답할 수 없었기 때문이다.

어느 날 저녁 자려고 누웠는데 어머니가 초콜릿 한 조각을 가져왔다. 아주 어릴 때 얌전히 착하게 하루를 잘 보내면 자기 전에 보상으로 받은 간식이 생각났다. 그때처럼 어머니가 내게 초콜릿을 먹여주려고 했다. 나는 그저 고개를 흔들 수밖에 없어서 슬펐다. 어머니가 내 머리를 쓰다듬으며 무엇이 필요하냐고 물었지만 내가 할 수 있는 건 소리 지르는 일뿐이었다.

"아무것도 필요 없어요! 전혀요! 싫다고요."

어머니는 초콜릿을 탁자에 놓아두고 나갔다. 나중에 어머니가 왜 그랬는지 물었을 때 나는 아무것도 기억하지 못하는 것처럼 행동했다. 어머니는 나를 의사에게도 데려갔는데, 의사는 나를 진찰한 뒤 아침마다 찬물로 샤워하라는 처방을 내렸다.

당시의 내 상태는 일종의 정신착란이었다. 우리 집의 잘 정돈된 평화 속에서 나는 조용히 마치 유령처럼 가족들을 괴롭혔다. 다른 사람의 삶에는 끼어들지 않았지만 잠시도 집중하지 못했다. 아버지가 가끔 화를 내며 말을 걸어도 입을 다물고 가만히 있었다.

제2장

카인

*

괴로움 속에서 나를 건진 구원의 손길은 상상하지 못했던 방향에서 왔다. 그와 동시에 새로운 바람이 내 인생에 불어왔고, 그 바람은 지금까지도 내 생활에 영향을 미치고 있다.

내가 다니는 라틴어 학교에 새로운 전학생이 왔다. 우리 마을에 이사 온 부유한 미망인의 아들인데 옷소매에 상喪중임을 나타내는 표시를 달고 있었다. 그는 나보다 몇 살이 더 많아 상급반에 들어갔지만 곧 다른 아이들은 물론이고 내 관심도 끌기 시작했다. 모두의 관심을 사로잡은 그는 실제 나이보다 훨씬 성숙해 보였고, 어느 누구도 그를 소년이라 생각하지 않았다. 철없는 어린 학생들 사이에서 홀로 점잖게 행동했으며 다 큰 청년, 아니 어른처럼 보였다. 그는 큰 인기를 얻지는 못했다. 또래들의 장난에 참여하지 않았고, 싸움에는 더더욱 관심을 보이지 않았기 때문에, 아이들은 선생님을 대하는 단호하고 점잖은 모습 외에는 딱히 그를 좋아하지 않았다. 그의 이름은 막스 데미안이었다.

하루는 무슨 이유인지 교실이 넓은 우리 반에 다른 반 아이들이 와서 함께 공부했다. 우리 학교에서 가끔씩 벌어지는 일인데, 이번에는 데미안의 반이었다. 우리 반이 종교 수업을 하는 동안 상급반은 작문 연습을 했다. 선생님은 카인과 아벨의 이야기를 들려주려고 애썼지만 나는 데미안에게 더 관심이 갔다.

그의 얼굴이 묘하게 내 흥미를 끌었다. 작문에 열중하느라 고개를 숙인, 영리해 보이는 하얀 얼굴에는 남다른 강인함이 배어 있었다. 그는 과제 중인 학생이 아니라 연구에 빠진 학자처럼 보였다. 그가 편하게 느껴진 것은 아니었다. 오히려 반감이 드는 데다 오만하고 차가워 보였다. 그의 존재 자체가 불편했다. 그는 어린아이를 좋아하지 않는 어른의 눈을 하고 있었다. 미움의 시선이 담긴 조금은 슬픈 눈빛 말이다. 하지만 나는 그를 뚫어져라 쳐다보았다. 어쩌면 그가 나를 귀엽거나 안쓰럽다고 생각했을지도 모른다. 그가 내 쪽을 바라보기라도 하면 화들짝 놀라서 시선을 돌렸기 때문이다.

지금 생각해보면 당시 그가 어떤 학생이었는지 한 마디로 묘사할 수 있다. 그는 어떻게 보아도 다른 학생들과 구별되었으며, 자기만의 고유하고 개인적인 방식대로 행동했기 때문에 눈에 띄었다. 하지만 그는 드러나지 않으려고 매우 애를 썼는데, 잘 차려입은 왕자가 농부의 자식들 사이에서 그들과 달라 보이지 않기 위해 노력하는 것 같았다.

학교를 마치고 집으로 돌아가는 길에 데미안이 내 뒤에서 걷고 있었다. 다른 아이들이 모두 사라지자 그가 다가와 인사를 건넸다. 그 인사조차도 보통 학생들이 하는 대로 똑같이 건넨 말이지만 어른스럽고 정중했다.

"같이 가도 되겠니?" 그가 친근하게 물었다.

나는 기뻐서 고개를 끄덕이곤 내가 어디에 사는지 알려주었다.

"아하, 저 집이구나." 그가 미소를 지으며 대답했다. "너희 집은 잘 알아. 대문에 신기한 것을 달아놓아서 전부터 관심이 있었어."

나는 무슨 소리인지 바로 이해하지 못한 채 다만 그가 우리 집에 관해 나보다 잘 아는 것 같아 놀랐다. 그가 말한 것은 대문 아치의 가장 위쪽에 있는 쐐기 모양의 돌인 것 같았다. 그 돌은 오랜 세월이 지나는 동안 바람에 닳아서 평평해지고 여러 번 덧칠했다. 하지만 내가 아는 한 우리 가족은 그 돌과 아무 관련이 없었다.

"난 그것에 대해 아는 게 없어." 내가 쑥스럽게 설명했다. "새 비슷한 것 같은데, 굉장히 오래된 모양이야. 우리 집은 옛날에 수도원 건물이었대."

데미안이 고개를 끄덕였다. "그럴 수도 있겠다. 나중에 자세히 봐! 그런 물건들은 대부분 굉장히 흥미로워. 내가 보기엔 맹금류 같아."

잠시 함께 걷는데도 나는 그가 매우 좋아졌다.

갑자기 데미안이 신기한 걸 발견한 것처럼 웃었다.

"맞아, 너희 반 수업 시간에 나도 있었어." 그러곤 활기차게 말했다. "이마에 표식을 달고 다녀야 했던 카인 이야기였지? 그 이야기가 재미있었니?"

아니, 이제껏 학교에서 배운 걸 재미있다고 생각한 적은 거의 없었다. 하지만 사실대로 고백하지 못했다. 어른과 대화하는 것 같았기 때문이다. 그냥 매우 마음에 들었다고 대답했다.

데미안은 내 어깨를 툭툭 쳤다. "이봐, 나를 속일 필요는 없어. 하지만 그 이야기는 정말 독특해서 우리가 수업 시간에 배우는 다른 내용보다는 훨씬 흥미로운 것 같아. 선생님이 말해준 내용은 대충 신이 어쩌고 죄가 어쩌고 하는 것뿐이지만 내 생각엔…." 그가 말을 멈추고 웃으며 물었다. "그런데 너 이야기가 재미있긴 한 거니?" 데미안은 이어서 말했다. "내 생각엔 이 이야기를 카인의 입장에서 완전히 다르게 볼 수도 있을 것 같아. 학교에서 배우는 것은 대부분 옳고 그른 내용이지만, 선생님들이 들려주는 이야기를 반대로 살펴볼 수도 있다고 생각해. 그러면 많은 이야기가 더 나은 의미를 가질 수도 있거든. 아까 카인 이야기를 예로 들면, 이마에 표식을 달고 다녀야 했다는 설명이 선생님이 말한 것처럼 쉽게 납득이 가지 않아. 그렇게 생각하지 않니? 형제가 다투다 한 명을 죽이는 일은 충분히 일어날 법해. 형제를 죽인 자가 그 후에 공포에 질려 숨는 것도 가능하고. 하지만 그가 자유를 위해 자신을 보호하고 다른 이들에겐 공포를 불러일으키는 훈장을 받았다는 이야기는 정말이지 특이해."

"진짜 그러네." 나는 몹시 공감했다. 이 주제가 흥미로워지기 시작했다. "하지만 어떻게 이 이야기를 달리 해석할 수 있어?"

데미안이 내 어깨를 쳤다. "간단해! 실제로 존재한 것 그리고 이야기의 계기가 된 것은 바로 그 표식이었지. 옛날에 어떤 남자가 살았어. 그 남자의 얼굴에는 다른 사람들을 두렵게 만드는 무엇인가가 있었어. 사람들은 그를 감히 건드리지 못했지. 그 남자와 그의 자식들에게 경외감을 가졌을 거야. 어쩌면, 거의 확실할 수도 있는데, 이마의 그 표식이 도장의 인처럼 분명한 표식은 아니었을 거야. 인생은 그렇게 단순하지 않거든. 오히려 남자는 눈에 보이지 않는 대단한 것을 지니고 있었는지도 몰라. 한눈에 보아도 보통 사람과 구별되는 강한 정신이나 용기 같은 것 말이야. 남자에게 힘이 있어서 두려움을 불러일으켰을 수도 있어. 사람들이 어떻게 해석했든 남자에겐 '표식'이 있었던 거야. 그런데 말이야, 인간은 항상 자신에게 편하고 위안을 주는 설명을 좋아하거든. 사람들은 카인의 자식들도 두려워했어. 그들에게 '표식'이 있다고 말이야. 그 표식은 남자가 가진 우월함이나 대단함에서 나왔지만, 사람들은 사실과 반대로 믿기 시작했지. 사람들은 표식을 가진 남자와 그 가족을 두고 위험하다고 말했어. 물론 실제로도 그랬어. 용기와 강인함을 지닌 인물은 항상 다른 사람들에게 위험한 법이거든. 우월하고 능력 있는 일가족의 존재는 매우 불쾌했겠지. 사람들은 남자의 가족에게 별명을 붙이고 이야기를 지어냈어. 자신들에게 두려움을 일으킨 남자에게 보내는 일종의 앙갚음이었지. 내가 무슨 이야기를 하는지 알겠니?"

"응, 그러니까 카인은 나쁜 사람이 아니었을 수도 있다는 거네? 그리고 성경에 나오는 이야기도 사실이 아니고?"

“맞기도 하고 틀리기도 해. 그렇게 아주 오래된 이야기들은 거의 다 사실이야. 하지만 반드시 실제 일어난 사실 그대로 전해내려오지는 않아. 내 생각에 카인은 아주 유명한 사람이었을 거야. 단지 그가 두렵다는 이유로 이런 이야기가 생겨난 거지. 당대의 사람들 사이에 퍼진 소문이었을 테지만, 어쨌든 카인과 그의 자식들이 보통 사람과 다른 ‘표식’을 지녔다는 부분은 사실이지.”

나는 굉장하다고 생각했다. “그러면 너는 때려 죽였다는 이야기도 진짜가 아니라는 거야?” 나는 충격을 받은 목소리로 물었다.

“아니, 그건 아니야! 그건 사실일 거야. 힘센 사람이 약한 사람을 때려 죽였겠지. 죽은 사람이 정말 자기 동생이었는지 확실하진 않지만, 그건 중요하지 않아. 결국 모든 인간은 서로 형제잖아. 어쨌든 강한 자가 약한 자를 죽였어. 영웅다운 행동이었는지도 몰라. 아닐 수도 있고. 하지만 이제 다른 약한 자들이 그를 두려워하며 비난했을 거야. 누군가 그들에게 ‘당신들이 그를 죽여 복수하면 되지 않느냐’고 물었다면 그들은 아마 '우리는 겁쟁이라서'라고 솔직히 말하는 대신 '그에게는 신이 준 표식이 있기 때문에 우리는 그를 죽일 수 없다!'고 대답했겠지. 아마 그렇게 오해가 시작되었을 거야. 이런, 내가 너를 너무 오래 붙들었구나. 또 만나자!"

데미안은 알트 골목 쪽으로 휙 들어가버렸고, 나는 그 어느 때보다 어리둥절한 상태로 혼자 남았다. 그는 가버렸고, 나는 그가 말한 모든 게 믿어지지 않았다. 카인이 영웅이고 아벨이 겁쟁이였다니! 카인의 표식이 영예를 나타낸다니! 허무맹랑하고 불경스럽고 파렴치한 논리였다. 자비로운 신은 대체 어디 있었단 말인가? 아벨의 제물을 받지도 않고 아벨을 사랑하지도 않았단 말인가? 하, 무슨 멍청한 소리야! 데미안이 장난삼아 나를 속였다고 생각했다. 그는 아주 똑똑하고 말도 잘했다. 하지만 그런 이야기를 하다니….

이제껏 성경 이야기나 다른 이야기에 대해 그렇게 깊이 생각해본 적이 없었다. 프란츠 크로머는 완전히 잊고 있었다. 몇 시간 동안, 저녁 내내. 집에서 성경을 펴고 그 부분을 차근차근 읽었다. 성경의 내용은 짧고 분명했다. 뭔가 특별하고 비밀스러운 내용을 찾는 것은 불가능했다. 그런 식이라면 모든 살인자가 신의 은총을 받았다고 주장해도 되지 않는가! 말도 안 되는 이야기였다. 하지만 데미안이 설명한 방식은 정말 탁월했다. 얼마나 쉽고 명쾌한지, 모든 문장에 설득력이 있었다. 게다가 그 눈빛이라니!

당연히 나도 제정신은 아니었다. 아니, 완전히 비정상이었다. 나는 밝고 깨끗한 세계에서 성장했으며 아벨처럼 살아왔다. 그런데 이제 '다른' 세계에 깊이 빠져들어 완전히 매혹되었다. 심지어 내 마음은 저항도 하지 않았다! 어떻게 그럴 수 있었을까? 그래, 갑자기 기억이 떠올랐고 나는 한동안 숨을 쉴 수 없었다.

불행이 시작된 그 끔찍한 저녁, 아버지와 함께 있을 때 나는 아버지, 아버지의 세계와 지식이 모두 빤히 보인다고 생각하며 경멸했다. 그랬다, 나는 스스로 카인이 되어 표식을 달았고, 이 표식을 불명예가 아니라 대단한 것으로 여겼다. 나의 악행과 불행으로 인해 내가 아버지보다 더 대단해지고 선과 경건보다 더 나은 것을 가졌다고 믿었다.

그땐 지금처럼 분명히 이해하지 못했지만, 내 행동에 이 모든 것이 들어 있었다. 알 수 없는 흥분으로 감정이 폭발할 것 같았다. 괴로웠지만 한편으론 뿌듯했다.

곰곰이 생각하면 데미안이 용기 있는 사람과 겁쟁이를 설명한 방식은 무척 독특했다! 카인의 이마 표식에 관한 설명도 얼마나 기이한가! 지금도 선명히 떠오르는 그 어른스러운 눈이 묘하게 반짝거렸다. 막연한 궁금증이 머리를 스쳤다. 혹시 데미안이라는 녀석 자신이 카인 같은 인간 아닐까? 카인과 자신을 비슷하다고 여기지 않는다면 왜 카인을 변호할까? 데미안도 얼굴에서 힘이 느껴지지 않나? 어째서 데미안은 '다른 이들', 사실은 경건하고 신에게 순종하는 겁 많은 사람들을 경멸하듯 말하는 것일까?

아무리 생각해도 결론을 내릴 수 없었다. 돌멩이 하나가 샘에 풍덩 떨어졌고, 그 샘은 나의 어린 영혼이었다. 그리고 카인과 살인, 표식에 관한 생각은 당시 상황을 이해하고 의심하고 비판해보려는 노력에도 불구하고 한동안, 꽤 오랜 시간 내 머릿속을 떠나지 않았다.

• • • • •

데미안이 나 말고도 다른 학생들과 어울리는 것을 보았다. 카인 이야기는 아무에게도 하지 않았지만, 다른 아이들에게도 흥밋거리를 던져주는 것 같았다. 적어도 이 '전학생'에 대해 많은 소문이 돌고 있었다. 소문의 내용을 다 알았다면 그를 더 알 수 있었을 텐데. 내가 아는 거라곤 맨 처음 들은 대로 데미안의 어머니가 매우 부유하다는 사실뿐이었다. 데미안의 어머니는 한 번도 교회에 나간 적이 없고, 데미안 역시 교회에 얼굴을 보인 적이 없다는 소문이 돌았다. 그들이 유대인이라 말하는 사람도 있고, 그들이 아무도 모르게 이슬람교를 믿는다고 말하는 사람도 있었다.

막스 데미안을 둘러싼 또 다른 소문은 그가 힘이 세다는 것이었다. 확실한 건, 그의 반에서 가장 센 녀석이 달리기 시합을 걸었는데 데미안이 거절하자 겁쟁이라고 놀리다 보기 좋게 제압당했다는 이야기였다. 사건을 목격한 아이들은 데미안이 갑자기 목덜미를 잡고 세게 눌러 녀석의 얼굴이 창백해졌다고 증언했다.

녀석은 데미안에게서 간신히 도망쳤지만 하루 종일 한쪽 팔을 쓰지 못했다는 것이다. 그날 저녁에는 소년이 죽었다는 이야기도 들렸다.

한동안 온갖 소문이 돌았고, 모두 그대로 믿었다. 들리는 이야기마다 흥미롭고 놀라웠다. 그러다 질렸는지 한동안은 아무도 그의 이야기를 입에 올리지 않았다. 하지만 얼마 안 있어 아이들 사이에 새로운 소문이 돌았다. 데미안이 여자들과 친하게 지내며 '모르는 게 없다'는 것이었다.

그사이에도 나와 프란츠 크로머의 관계는 끈질기게 지속되고 있었다. 나는 그에게서 헤어나올 수 없었다. 어쩌다 하루 정도 크로머가 찾아오지 않아도 그를 의식했다. 그는 내 꿈에도 그늘을 드리웠다. 내 상상력은 크로머가 현실에서 하지 않은 짓까지 꿈에서 하게 만들었다. 꿈속에서 나는 완전히 그의 노예였다. 나는 꿈을 많이 꾸는 편인데, 현실보다 꿈속에서 살았고 크로머의 그늘에서 힘과 생명을 잃어갔다. 그가 나를 때리고 내게 침을 뱉고 내 위에 올라타는 꿈을 자주 꾸었다. 더 심각한 꿈은 크로머가 나를 위험한 범죄에 끌어들인 내용인데, 그가 끌어들였다기보다 그의 강력한 영향력에 내가 저절로 따라갔다고 표현하는 쪽이 옳겠다.

가장 끔찍한 건 아버지를 살해하는 꿈이었다. 그 꿈을 꾸다가 거의 정신이 나간 상태로 잠을 깼다. 크로머가 칼을 갈아 내 손에 쥐어주었고, 우리는 길가 나무 덤불 뒤에 숨어서 누군가 다가오기를 기다렸다. 나는 누구를 기다리는지 몰랐지만, 누군가 우리 쪽으로 걸어왔고 크로머가 내 팔을 누르며 그 사람을 찔러죽이라는 신호를 보냈다. 바로 아버지였다. 나는 깜짝 놀라 꿈에서 깨어났다.

이 꿈을 꾸고 나서 카인과 아벨이 생각났지만 데미안을 떠올리진 않았다. 데미안을 다시 만난 것은 묘하게도 다시 꿈속이었다. 그날 밤도 꿈에서 고통스럽게 폭행과 학대를 견디고 있었는데 나를 괴롭히는 사람이 크로머가 아니라 데미안이었다. 아주 신선하고 인상 깊었다. 크로머가 괴롭힐 때는 모든 것이 아프고 고통스러웠는데, 데미안을 위해선 기꺼이 괴로울 수 있었고 심지어 두려운 만큼 기쁘기도 했다. 그런 꿈을 두 번쯤 꾸고 나서 다시 크로머가 나타났다.

어느 순간부터 꿈에서 겪는 일과 현실에서 겪는 일이 구분되지 않았다. 어쨌든 크로머와의 안 좋은 관계는 계속되었다. 내가 자잘한 도둑질을 통해 빚을 다 갚은 뒤에도 관계는 끝나지 않았다. 크로머는 돈을 가져갈 때마다 어디서 났는지 물었기 때문에 내가 저지른 도둑질을 모두 알고 있었다. 결국 그 어느 때보다 더 그의 손아귀에 놓인 신세였다. 크로머는 아버지에게 모든 사실을 일러바치겠노라 협박했고, 나는 그런 일이 벌어질까 봐 두려웠다.

처음부터 아버지에게 말하지 못한 나 자신이 원망스러웠다. 한편 그렇게 비참하면서도 모든 게 후회스럽진 않았다. 적어도 늘 후회하진 않았다. 가끔은 이런 상황이 계속되어야 한다고 믿었다. 내게는 이미 불행이 닥쳤고, 이 불행에서 벗어나려는 것은 헛된 소망이라고 생각했다.

부모님 역시 괴로워하는 듯했다. 나는 완전히 다른 사람이 되어버렸고, 더 이상 그토록 친밀한 가족의 품 안에 있지 못했다. 나는 낙원을 잃어버린 사람처럼 가족을 향한 그리움에 몸부림치곤 했다. 어머니는 나를 나쁜 아이보다 아픈 아이처럼 대했지만 내가 가족에게 어떤 사람으로 비춰지는가는 누나들의 행동을 통해 알 수 있었다. 한없이 불쌍하다는 듯한 누나들의 조심스러운 태도는 내가 정신질환자처럼 보인다는 사실을 알려주었다. 악한 세력에 붙잡힌 내 상태를 꾸짖기보다 가엾게 여겼다. 우리 가족이 이전과는 조금 다른 방향으로 나를 위해 기도한다는 느낌도 받았다.

하지만 그런 기도는 아무 소용이 없었다. 가끔씩 자유로워지고 싶은 갈망, 모든 걸 자백하고 싶은 마음이 타는 듯이 느껴졌지만 그때마다 아버지, 어머니에게 제대로 설명할 수 없을 것임을 확신했다. 부모님은 내 이야기를 잘 듣고 나를 동정하겠지만 완전히 이해하지 못하리라는 걸 알았다. 내 모든 행동은 일탈로 비춰질 터였다. 결국 그것이 내 운명이었다.

내가 아는 한 대부분의 어른은 열한 살도 안 된 꼬마에게 이런 감정이 있다는 걸 이해하지 못한다. 이런 부류에겐 내 경험을 들려주고 싶지 않다. 그보다는 인간을 좀 더 잘 이해하는 이들에게 이야기하겠다. 감정을 생각으로 바꾸는 법을 배운 어른들은 어린 시절의 감정을 그리워하면서도 아이에겐 복잡한 감정이 없다고 주장한다. 하지만 내 평생 그때처럼 강렬한 감정에 시달리며 고통스러워한 적은 없었다.

· · · · ·

비 오는 날 고문자가 나를 성터로 불렀다. 나는 비에 젖어 새카매진 밤나무에서 떨어지는 축축한 나뭇잎을 발끝으로 뒤적이며 그를 기다렸다. 돈은 가져오지 않았지만 크로머에게 뭐라도 주어야 했기에 케이크 두 조각을 손에 들고 있었다. 구석진 곳에 서서 크로머를 기다리는 데 익숙한 터였다. 가끔은 정말 오래 기다려야 했지만 어쩔 수 없는 상황을 받아들이듯 그냥 받아들였다.

마침내 그가 왔다. 하지만 오래 머물지 않았다. 내 옆구리를 주먹으로 몇 번 치고 웃으며 케이크를 받아 들었고, 어쩐 일인지 축축한 담배를 건네기도 했다. 물론 나는 받지 않았지만 그날따라 그의 태도가 부드러웠다.

크로머가 몸을 돌려서 가려다 명령했다. "그렇지,

잊어버릴 뻔했군. 다음번에는 네 누나를 데려와. 큰누나 말이야. 걔 이름이 뭐야?"

나는 전혀 이해할 수 없어 대답하지 않았다. 그저 당황한 표정으로 크로머의 얼굴을 쳐다보았다.

"귀가 먹었냐? 네 누나를 데려오라고."

"아니야, 크로머. 하지만 그건 안 될 거 같아. 누나를 불러낼 핑계도 없고, 안 오려고 할 거야."

둘러대면서도 내 변명이 통하지 않는다는 걸 알았다. 크로머는 늘 그런 식으로 무엇인가 불가능한 것을 요구한 뒤 무섭게 협박하며 겁을 주었고, 원하는 것을 얻을 때까지 서서히 압박해왔다. 결국 돈이나 다른 선물로 그를 달래야 했다.

하지만 이번에는 상황이 달랐다. 크로머는 내 거절에도 화를 내지 않았다. 대신 마음 쓰지 않는다는 듯 무심하게 말했다. "음, 천천히 생각해봐. 네 누나를 알고 싶어서 그래. 어차피 언젠가는 만날 텐데. 그냥 같이 산책하듯 데려오면 돼. 거기에 내가 동행하는 거고. 내일 내가 휘파람을 불면 나와. 다시 이야기하자."

크로머가 사라지자 문득 그가 여자를 좋아한다는

느낌이 들었다. 당시 나는 아무것도 모르는 어린아이였지만, 남자 아이와 여자 아이가 더 나이 먹으면 비밀스럽고 음란한, 금지된 짓을 할 수 있다는 이야기를 주워들은 기억이 났다. 그러니까 내가 해야 하는 숙제는…. 너무도 끔찍했다! 나는 곧 모든 상황을 깨달았고 절대 하지 않기로 결심했다. 하지만 앞으로 어떤 일이 벌어질지, 크로머가 어떤 복수를 할지 생각하기조차 두려웠다. 새로운 고문이 시작되었다. 이제까지의 고통은 아무것도 아니었다.

나는 몹시 우울해져서 주머니에 양손을 깊이 찌른 채 텅 빈 거리를 걸었다. 새로운 고통, 또 다른 노예 생활이 시작되었다!

그때 서늘하고 묵직한 목소리가 나를 불렀다. 나는 깜짝 놀라 도망치기 시작했다. 누군가 나를 쫓아왔고, 뒤에서 낯선 손이 나를 부드럽게 잡았다. 막스 데미안이었다. 나는 그 자리에 멈춰섰다.

"너였어?" 목소리가 어색했다. "너 때문에 놀라서 죽을 뻔했잖아!"

데미안이 나를 쳐다보았다. 그의 시선은 어느 때보다

더 어른스럽고 의미심장했으며 나를 꿰뚫어보는 것 같았다. 그러고 보니 오랜만의 대화였다.

"오, 이것 참 미안한데!" 그가 특유의 점잖은 말투로 말했다. "들어봐, 사람이 그렇게 깜짝 놀라선 안 돼."

"왜 안 돼? 그럴 수도 있지."

"내 말이 맞아. 생각해봐. 너에게 아무 짓도 하지 않은 사람에게 그렇게 깜짝 놀란다면, 그는 네가 왜 그러는지 궁금하겠지. 네 행동에 대해 이런저런 생각을 하기 시작할 거야. 그는 네가 이상할 정도로 놀라는 모습을 보고, 그런 행동은 겁에 질린 사람이나 하는 거란 사실을 떠올릴 거야. 겁쟁이들은 언제나 겁에 질려 있거든. 하지만 내가 아는 한 넌 겁쟁이가 아니야, 그렇지 않니? 물론 매우 용감한 편도 아니야. 너는 두려워하는 일이 있고 두려워하는 사람이 있어. 그런 두려움은 없어져야 해. 특히 절대로 사람을 두려워해선 안 돼. 혹시 내가 두려운 거니, 그런 거야?"

"아니, 절대 아니야."

"거봐, 그렇지. 하지만 나 말고 네가 두려워하는 사람이 있지?"

"난 잘 모르겠는데…. 이거 좀 놔줘. 왜 따라온 거야?"

데미안이 나를 따라 걸었다. 도망칠 생각에 내 발이 조금 더 빨랐고 내 등에 쏟아지는 그의 시선이 느껴졌다.

데미안이 다시 입을 열었다. "내가 너에게 호감이 있다는 걸 알아줘. 다른 사람은 몰라도 나를 두려워할 필요는 없어. 괜찮다면 너랑 실험을 하고 싶은데. 재밌는 데다 꽤 유용한 기술을 배울 수 있을 거야. 잘 봐! 내가 자주 쓰는 기술이야. 생각 읽기라고들 부르지. 이상한 요술을 부리는 건 아닌데 요령을 이해하지 못하면 아주 기괴해 보일 거야. 이 기술을 써서 많은 사람을 놀라게 만들 수 있어. 자, 이제 해보자. 나는 너를 좋아해. 아니, 너에게 관심이 있어. 지금은 네 속에 무엇이 들어 있는지 꺼내보고 싶어. 이미 첫 번째 단계는 끝났어. 내 존재가 너를 놀라게 했거든. 그러니까 너는 굉장히 잘 놀라는 거지. 네가 두려워하는 대상이나 사람이 있다는 이야기야. 그 두려움은 어디서 왔을까? 우리는 아무도 두려워할 필요가 없어. 누군가에게 두려움을 품는다면, 그 사람이 너를 조종하는 힘을 가졌기 때문이야. 예를 들면 나쁜 짓을 했는데 누군가 그 사실을 알아버렸어. 그러면 그는 너를 지배하는 거지. 이해가 되니? 뻔하지, 안 그래?"

나는 언제나처럼 진지하고 총명해 보이는 그의 얼굴을 멍하니 바라보았다. 선한 얼굴이지만 다정하기보다는 엄격했다. 공정함 혹은 그 비슷한 것이 깃들어 있었다. 내게 무슨 일이 일어났는지 알 수 없었다. 데미안이 마치 마술사 같았다.

"내 말이 이해되니?" 그가 다시 한번 물었다.

나는 고개를 끄덕였다. 아무 말도 할 수 없었다.

"이미 말했지만 생각 읽기는 기괴해 보여. 하지만 아주 자연스럽게 할 수 있는 일이야. 예를 하나 더 들자면 전에 카인과 아벨의 이야기를 들려줬을 때 네가 나를 어떻게 생각했는지도 꽤 정확히 말할 수 있어. 지금 상황과 아무 관계도 없긴 하지만. 또 하나, 너는 내가 나오는 꿈을 꿨을 거라고 생각해. 하지만 지금 그 이야기는 하지 말자! 넌 굉장히 영리한 녀석이야. 다른 애들은 좀 멍청하지! 난 신뢰해도 될 만큼 똑똑한 친구와 대화하는 게 좋아. 내 생각이 맞는 것 같지?"

"그런 것 같아. 하지만 내가 이해할 수 없는 건…."

"지금은 재미있는 실험에 집중하자. 그러니까 우리가 발견한 건 소년 S군이 잘 놀란다는 것, 누군가를 두려워한다는 것 그리고 S군과 그 누군가 사이에는 S군을 굉장히 불편하게 만드는 비밀이 있다는 것. 내 생각이 맞지?"

나는 얼마 전에 꾼 꿈처럼 데미안의 목소리와 영향력에 압도당해 간신히 고개만 끄덕일 수 있었다. 그때 내 안에서 터져나오려 하는 목소리가 있지 않았던가? 모든 것을 아는 목소리, 나 자신보다 더 분명하게 모든 것을 아는 목소리가.

데미안이 내 등을 힘차게 두드렸다. "그러니까 맞는다는 거네. 그럴 거 같았어. 한 가지만 더 물어볼게. 방금 너보다 먼저 지나간 남자 애 이름이 뭐야?"

나는 소스라치게 놀랐다. 내 비밀이 속에서 고통스럽게 몸을 웅크렸다. 들키고 싶지 않았다. "어떤 남자 애? 다른 아이는 없었어. 나 혼자였어."

데미안이 미소 지었다. "어서 말해줘!" 그리고 부드럽게 재촉했다. "걔 이름이 뭐야?"

나는 기어들어가는 목소리로 되물었다. "프란츠 크로머를 말하는 거야?"

데미안이 만족스러운 얼굴로 고개를 끄덕였다. "잘했어, 눈치 빠른 꼬맹이. 우린 좋은 친구가 될 거야. 그런데 이 얘기는 꼭 해야겠어. 크로머인지 뭐인지 하는 녀석은 나쁜 녀석이야. 그 애의 얼굴이 자신은 악당이라고 말하는걸. 그렇게 생각하지 않니?"

나는 한숨을 내쉬었다. "맞아, 나쁜 놈이야. 악마 같아! 그에게 아무 이야기도 하지 말아야 했어. 아아, 그에게 아무 말도 하지 말아야 했어! 데미안, 그 녀석을 알아? 크로머가 널 알아?"

"진정해! 그 아이는 갔어. 그리고 날 몰라. 아직까지는. 하지만 그 녀석과 꼭 한번 이야기를 나누고 싶어. 크로머는 공립학교에 다니지?"

"맞아."

"몇 학년인지 알아?"

"5학년이야. 하지만 그에게 아무 말도 하지 마! 제발 부탁이니 아무 말도 하지 말아줘!"

"진정해. 네게 아무 일도 일어나지 않을 거야. 이제

보니 나한테 크로머 자식에 관해 이야기할 생각이 없구나?"

"할 수 없어! 날 내버려둬!"

데미안은 한동안 말이 없다가 한참 후 입을 열었다.

"아쉽네. 이 실험을 훨씬 전에 해야 했는데. 널 괴롭히고 싶지 않아. 하지만 너도 그를 두려워하는 게 옳지 않다는 걸 알았잖아? 그런 두려움은 우리를 완전히 망가뜨려. 빨리 없애야 해. 진정한 자신이 되고 싶다면 버려야 하는 두려움이야. 그렇게 생각하지 않니?"

"어쩌면 네가 옳을지도 몰라. 하지만 난 못 해. 넌 모를 거야…."

"알겠지만 나는 네가 생각하는 것보다 아는 게 많아. 크로머에게 돈을 빚졌니?"

"그래, 그런 일도 있었어. 하지만 그건 중요하지 않아. 정말이지 난 말할 수 없어. 난 못 해!"

"그러면 네가 그 녀석한테 빚진 돈을 내가 준다면 도움이 될까? 기꺼이 도와줄 수 있어."

"아니야, 아니야, 그게 아니야. 제발 부탁할게. 아무에게도 말하지 말아줘! 제발! 너 때문에 내가 더 불행해져!"

"내게 맡겨, 싱클레어. 언젠가는 그 비밀을 내게 들려줄 거야."

"아니, 절대로 안 할 거야!" 나는 아예 소리를 질렀다.

"너 하고 싶은 대로 해. 나는 단지 네가 나중에 더 자세히 이야기해줄지도 모른다는 말이었어. 물론 자발적으로 말이야. 내가 너를 크로머처럼 대할 거라고 생각하니?"

"아니야. 그렇지만 넌 아무것도 모르잖아!"

"전혀 모르지. 그저 추측할 뿐이야. 난 절대로 크로머처럼 행동하지 않아. 날 믿어. 네가 나에게 빚진 것도 없잖아."

우리는 한참 동안 잠잠히 서 있었고, 나는 마음이 조금 누그러졌다. 데미안이 어떻게 내 일을 알았는지 궁금했다.

"난 이만 갈게." 데미안은 빗속에 서서 재킷을 여미고는 마지막으로 덧붙였다. "기왕 이렇게 되었으니 한 번 더 말하고 싶은데, 그 녀석에게서 꼭 벗어나야 해! 다른 방법이 없다면 그를 죽여버려! 네가 그렇게 한다면 널 정말 좋아하고 존경할 거야. 필요하면 내가 도와줄게."

이제 나는 또 다른 두려움에 사로잡혔다. 카인의 이야기가 떠올랐다. 너무 섬뜩해서 조용히 울기 시작했다. 내 주변은 온통 공포뿐이었다.

"저런!" 막스 데미안이 미소 지으며 말했다. "집에 가자! 잘 해결할 수 있을 거야. 때려 죽이는 게 가장 쉽지만 말이야. 그런 일은 가장 쉬운 방법이 최고의 방법이지. 크로머라는 친구와 계속 만나면 안 좋은 일만 생길 거야."

집에 도착하니 마치 1년가량 집을 떠났다 돌아온 기분이었다. 모든 것이 다르게 보였다. 나와 크로머 사이에 미래 같은 것이, 뭔가 희망 같은 것이 생겼다. 나는 더 이상 혼자가 아니었다! 그제야 몇 주 동안 얼마나 비참하게 홀로 내 비밀과 씨름했는지 깨달았다. 부모님에게 고백해봤자 마음이 가벼워지지도 않고 자유로워지지도 않을 거라고 믿었던 기억이 떠올랐다. 가족도 아닌 낯선 소년에게 비밀을 조금 털어놓았을 뿐인데 구원의 예감이 진한 향기처럼 풍겨왔다.

• • • • •

내 두려움을 전부 없애기엔 아직 부족했고, 나의 적과 또다시 길고 끔찍한 만남을 치를 각오를 하고 있었다. 그런데 모든 일이 고요하고 완벽하고 비밀스럽고 평온하게 이루어져 적이 놀라고 말았다.

집 앞에서 들리던 크로머의 휘파람 소리가 끊어진 것이다. 하루, 이틀, 사흘, 일주일 내내. 나는 그 사실을 믿는다는 건 엄두도 내지 못한 채 예상치 못한 순간에 그가 다시 나타날 거라고 생각했다. 하지만 그는 끝내 나타나지 않고 정말로 사라졌다! 나는 새로운 자유를 얻었지만 여전히 그가 사라졌다는 사실이 믿어지지 않았다. 프란츠 크로머와 마주치기 전까지는. 크로머는 자일러 골목을 내려오다가 나와 마주쳤고, 나를 보고 움찔하더니 잔뜩 찡그린 표정으로 1초의 망설임도 없이 나를 피해서 오던 길을 되돌아갔다.

믿을 수 없는 광경이었다! 내 원수가 나를 피해 도망가다니! 내 사탄이 나를 두려워하다니! 나는 끝없이 기쁘고 놀라웠다.

며칠 후 다시 데미안을 만났다. 그가 학교 앞에서 나를 기다리고 있었다.

"데미안!" 내가 먼저 인사했다.

"좋은 아침이다, 싱클레어. 네가 어떻게 지내는지 듣고 싶었어. 크로머가 네게 아무 짓도 하지 않았지?"

"네가 한 일이야? 어떻게 한 거야? 대체 어떻게? 난 이해가 안 돼. 크로머가 전혀 찾아오지 않았어."

"잘됐네. 혹시라도 그가 다시 찾아오면 말이야, 그러지 않겠지만 어쨌든 녀석은 불량한 놈이니까, 데미안을 기억하라고 말해줘."

"도대체 뭐가 어떻게 된 거야? 그와 싸워서 두들겨 패기라도 했어?"

"아니, 나는 몸싸움을 좋아하지 않아. 그저 대화를 했지. 지금 이렇게 너와 이야기하듯이. 다만 네게서 멀어지는 것이 그에게 유익하다는 걸 분명하게 말해줬어."

"그에게 돈을 준 건 아니지?"

"그래, 이 친구야. 그 방법은 네가 이미 써먹었으니까."

내가 너무 캐물었는지 데미안은 인사한 뒤 가버렸고 나는 그에게 고마움과 부끄러움, 감탄과 두려움

그리고 애정과 반항심이 묘하게 뒤섞인 불안한 감정을 느끼며 혼자 그 자리에 서 있었다.

나는 데미안을 곧 다시 볼 거라고 생각했다. 그와 만나 모든 사실을, 카인에 관한 이야기를 하고 싶었다.

하지만 그렇게 되지 않았다.

감사는 내가 신뢰하는 감정이 아니다. 감사를 어린 아이에게 요구하는 것도 옳지 않다고 생각한다. 내가 막스 데미안에게 전혀 고마워하지 않은 것도 괘씸하게 생각하지 않는다. 물론 그가 크로머의 손아귀에서 구해주지 않았다면 나는 아직까지 괴롭고 실패한 인생을 살고 있으리라 확신한다. 데미안이 베푼 구원은 어린 내가 느끼기에도 엄청난 일이었다. 하지만 나는 구원자가 기적을 베풀자마자 그를 삶에서 지워버렸다.

감사하지 않은 것은 별로 중요하지 않다고 생각한다. 다만 내가 그에게 아무런 호기심도 보이지 않은 게 이상하다. 데미안이 알려준 비밀을 궁금해하지 않고도 어떻게 매일같이 편안하게 살 수 있었을까? 어떻게 카인에 관해, 크로머에 관해, 생각 읽기에 관해 더 많은 것을 알고 싶은 열망을 숨겼던 걸까?

여전히 이해되지 않지만, 당시엔 그랬다. 나는 갑자기 악마가 친 덫에서 해방되었고, 밝고 친근한 세계가 다시 눈앞에 열린 것을 보았다. 더 이상 불안한 공포와 질식할 것 같은 두근거림에 짓눌리지 않았다. 나를 속박해온 굴레가 부서졌고, 나는 더 이상 고통받는 죄인이 아니었다. 다시 예전처럼 평범한 학생으로 돌아갔다. 내 본성은 가능하면 빨리 균형과 안정을 되찾고 추악하며 위협적인 것들은 멀리 떨쳐내려고 애썼다. 이전의 실수와 두려움은 외관상 아무런 흉터나 흔적도 남기지 않고 놀라울 정도로 빠르게 내 기억에서 사라졌다.

내가 조력자이자 구원자를 빨리 잊으려고 노력한 이유를 알 것 같다. 내 상처 입은 영혼은 형벌로 가득한 눈물의 골짜기에서, 크로머에게 종속된 끔찍한 노예 생활에서 온힘을 다해 도망쳤다. 그리고 예전의 행복과 만족이 충만한 곳으로, 내게 다시 문을 활짝 연 잃어버린 낙원으로, 아버지와 어머니의 밝은 세계로, 누나들에게로, 깨끗한 향기 속으로, 신에게 칭찬받는 아벨로 돌아갔다.

데미안과 짧은 대화를 나눈 바로 그날부터, 되찾은

자유를 완전히 실감한 순간부터 그리고 다시는 자유를 빼앗기지 않으리라는 사실을 알게 된 때부터 내가 그토록 하고 싶었던 행동을 하기 시작했다. 사실대로 고백하는 일이었다. 어머니에게 저금통을 들고 가서 마개가 뜯어진 것과 동전 대신 장난감 동전이 든 걸 보여주었고, 내 잘못 때문에 얼마나 오랫동안 불량배에게 시달려야 했는지 전부 설명했다. 어머니는 다 이해하진 못했지만 저금통과 달라진 내 표정을 보고, 내 목소리를 듣고 드디어 아들이 회복되어 그녀의 세계로 돌아왔음을 알아차렸다.

나는 들떠서 잃어버린 탕자를 환영하는 축제를 만끽했다. 어머니는 나를 아버지에게 이끌었고, 나는 다시 모든 것을 고백했으며, 놀라움에서 비롯된 질문과 칭찬을 들었다. 부모님은 내 머리를 쓰다듬으며 참았던 한숨을 길게 내쉬었다. 모든 것이 훌륭했다. 전에 읽은 탕자 이야기와 똑같이 환상적인 조화 속에서 모든 문제가 해결되었다.

나는 그 조화 속으로 온 마음을 다해 도망쳤다. 부모님의 평화와 신뢰를 되찾은 데 만족하지 못하고 가족의 자랑스러운 아들이 되기 위해 전처럼 누나들과 어울렸고, 기도 시간에는 속죄받고 돌아온 탕자의 마음으로 좋아하는 찬송가를 감격하며 불렀다. 그 모든 행동은 진심에서 우러나왔다. 거짓이 아니었다.

하지만 안정된 상태는 아니었다! 바로 이 부분이 내가 데미안을 잊어버린 이유를 분명하게 설명해준다. 데미안에게도 진실을 고백해야 했다. 그에게 하는 고백은 무미건조하고 감동이 덜했을 테지만 나에겐 더 유익했을 것이다.

이제 나는 본래의 낙원 세계에 나를 가두고 집으로 돌아와 보호 속에 푹 잠겼다. 데미안은 절대 이 세계에 속하지 않았고, 어울리지도 않았다. 크로머와 달랐지만 데미안 역시 나를 유혹하여 또 하나의 세계, 악하고 나쁜 세계로 이끌었다. 당시 나는 영원히 그 세계와 단절되고 싶었다. 더 이상 아벨을 비난하며 카인을 영웅으로 부르고 싶지 않았고, 그렇게 할 수도 없었다. 이제 나 자신이 아벨이었으므로.

이것이 겉으로 드러난 상황이었다. 하지만 실상은 달랐다. 나는 크로머와 악마의 손에서 벗어났지만 내

힘과 노력으로 벗어난 게 아니었다. 한때 나쁜 길로 가려고 해봤지만 내게는 너무나 미끄러웠다. 그러다 상냥한 손이 나를 붙잡아 일으켜주었고 나는 뒤도 돌아보지 않은 채 어머니의 무릎으로, 안전하고 경건하며 평화로운 어린 시절로 달아났다. 본래의 나 자신보다 더 유치하게 행동하고 더 의존하며 어린애처럼 굴었다. 의존하는 대상을 크로머에서 새로운 것으로 바꾼 것뿐이었다. 홀로 서는 길로 가고 싶지 않았기 때문이다. 나는 무작정 친숙하고 그리운 '밝은 세계'와 아버지, 어머니에게 의존하기로 결심했다. 그 세계가 나의 유일한 세계는 아니라는 사실을 알면서 선택한 결정이었다.

그러지 않았다면 데미안에게 달라붙어 의존했을 것이다. 데미안의 낯선 생각에 대응하는 올바른 처사라고 생각했지만 솔직히 말하면 겁먹은 행동이었다. 데미안이 부모님보다 더 많은 걸 요구할 것 같았고, 격려와 훈계로 조롱과 반어법을 동원하여 내가 홀로 설 때까지 몰아붙일 것 같았다. 아아, 지금은 확실히 안다. 세상에 나 자신이 되는 길보다 더 가기 싫은 길은 없다는 사실을!

반년쯤 지나 더 알고 싶은 욕망을 이기지 못하여 아버지와 산책하다 사람들이 아벨보다 카인을 더 낫게 생각하는 것을 어떻게 생각하는지 여쭤보았다.

아버지는 몹시 놀라워하면서 딱히 새로운 견해는 아니라고 설명했다. 이미 기독교 초기에 나타난 주장인데 '카인파'라고 자칭하는 교파에서 가르친 내용이라는 것이었다. 그리고 이런 미친 생각은 우리의 믿음을 무너뜨리려는 악마의 시도일 뿐이라고 덧붙였다. 카인이 옳고 아벨이 그르다면 그건 신의 판단이 틀렸다는 이야기이며, 당연히 성경의 신이 전지전능한 유일신이 아니라 가짜 신이라는 결론이 나기 때문이라는 거였다. 카인파가 그와 비슷한 주장을 가르치고 퍼뜨렸지만, 그런 이단은 오래전에 사라졌다는 말도 했다. 마지막으로 아버지는 학교 친구가 그런 이야기를 했다는 게 이상하다면서 두 번 다시 말려들지 말라고 엄하게 주의를 주었다.

제3장

그리스도와 함께 십자가에 못 박힌 강도들

*

부모님의 보호 아래 두 분을 사랑하며 밝고 따뜻한 환경에서 충분히 뛰어논 이야기만 한다면 마음도 편하고 기분도 좋을 것이다. 하지만 나는 오직 나 자신이 되기 위해 평생 내가 걸어온 걸음에만 관심이 있다. 찬란한 휴식, 행복의 섬과 낙원이 주는 마법을 모르지 않지만 지금은 먼 시선으로 바라볼 뿐 더 이상 그곳에 발을 들이고 싶지 않다.

그렇기 때문에 어린 시절 중에서도 내게 일어난 새로운 사건들, 나를 성장시키고 해방시킨 일들만 이야기하려 한다.

그런 충격들은 언제나 '다른 세계'에서 찾아왔고 두려움과 압박감, 양심의 가책을 동반했으며 매번 급진적이어서 내가 누리고자 하는 평화를 위협했다.

새로운 시기가 나를 찾아왔다. 허락된 밝은 세계를 벗어나 음침한 곳으로 몸을 숨기려는 욕구가 내 안에 있음을 발견했다. 다른 사람들처럼 내게도 이성을 향한 감정이 천천히, 마치 원수와 파괴자처럼, 금지된 것들처럼, 유혹과 죄악처럼 다가와서 덩치를 키웠다. 내 호기심, 내 상상과 흥미와 수치심, 사춘기의 커다란 비밀은 나를 둘러싼 어린 시절의 평화와 전혀 어울리지 않았다.

나도 다른 아이들과 똑같이 행동했다. 아이인 척 이중생활을 했으나 나는 더 이상 어린아이가 아니었다. 내 의식은 친근하고 허락된 세계에 살면서 점점 커지는 새로운 세계를 거부했지만 동시에 비밀스러운 일을 꿈꾸고 열망하고 소원하며 살았다. 급기야 내 안의 어린아이의 세계가 무너져내렸고 내 의식은 그 위로 허겁지겁 엉성한 다리를 놓아갔다. 다른 부모들처럼 우리 부모님 역시 커져가는 내 충동에 도움을 주지도 못했고 대화를 하려 하지도 않았다. 부모님은 그저 현실을 거부하며 아이 세계에 머무르려 하는 나의 가망 없는 시도를 지치지도 않고 세심하게 도왔다.

그렇게 꾸며진 아이 세계는 현실과 더 멀어지고 거짓으로 가득했다. 이럴 때 부모가 과연 많은 역할을 할 수 있을지 나는 모르겠다. 그래서 비난하지도 않겠다. 홀로 서서 나의 길을 찾는 것은 오로지 내 문제였고, 부유한 가정에서 자란 아이들이 그렇듯 나 역시 내 문제를 잘 해결하지 못했다.

모든 사람이 살면서 똑같은 어려움을 만난다. 대다수에게 그 시기는 자신의 욕구와 주변 세계가 가장 격렬하게 대립하고, 성장하는 과정이 최고로 고통스러운 시점이다. 많은 이가 죽고 다시 태어나는 경험을 한다. 죽고 태어나는 것은 어차피 인간의 운명이지만 일생에 단 한 번, 나이가 들면서 어린아이가 서서히 무너지면 갑자기 사랑했던 것들이 전부 사라지고 외로움과 죽을 것 같은 우주의 냉기를 느낀다. 그리고 꽤 많은 인생이 어린 시절의 끄트머리에 매달린 채 평생 다시 돌아가지 못할 과거에 고통스럽게 집착하며 잃어버린 낙원을 꿈꾼다. 가장 끔찍하고 잔인한 꿈이다.

다시 원래 이야기로 돌아가자. 내 어린 시절의 끝에서 만난 감정과 환상은 여기서 설명할 정도로 중요하지 않다. 여기선 '어두운 세계', 나의 '다른 세계'가 다시 찾아왔다는 것이 중요하다. 한때 프란츠 크로머였던 것이 이제 내 속에 자리했다. 바깥에 있던 '다른 세계'가 다시 나를 지배하기 시작한 것이다.

크로머 사건이 있은 지 벌써 수년이 흘렀다. 내 인생에서 가장 비극적이고 죄책감에 시달린 순간은 이제 오래전의 짧은 악몽처럼 멀게 느껴졌다. 프란츠 크로머는 이미 내 인생에서 사라졌고, 이제 그와 마주친다 해도 아무 상관이 없었다. 하지만 내 비극의 또 다른 주연인 막스 데미안은 내 주변을 떠나지 않았다. 다만 오랫동안 멀찍이 맴돌며 눈에 보이긴 해도 큰 영향을 주지 않다가 아주 천천히 다가와 다시 힘과 영향력을 뻗쳤다.

내가 그 시절의 데미안에 관해 무엇을 알았는지 돌이켜본다. 1년 또는 그 이상 그와 단 한 번도 대화하지 않은 것 같다. 그를 피했고 그 역시 억지로 다가오려

하지 않았다. 한번쯤 마주쳤을 때 그가 친근하게 고개 숙여 인사했는데, 그 친근함이 나를 향한 은근한 조롱이나 비난처럼 느껴졌다. 물론 나의 착각일 것이다. 데미안도 나도 우리가 함께 겪은 일과 당시 그가 내게 미친 묘한 영향을 다 잊은 듯했다.

데미안의 모습을 기억해본다. 돌이켜보면 그는 항상 그 자리에 있었고 나도 그를 의식했다. 그가 혼자 혹은 선배들과 함께 등교하는 모습이 보인다. 데미안은 다른 학생들 사이에서도 떠도는 별처럼 자신만의 법칙에 따라 자신만의 공기에 휩싸인 채 낯설고 외로운 듯 조용히 걷는다. 아무도 그를 좋아하지 않았고 그에게 마음을 열지 않았다. 데미안의 어머니는 예외였지만 그녀조차 아이가 아니라 성인처럼 대하는 듯했다. 선생님들은 가능하면 데미안을 건드리지 않았다. 그는 우수한 학생이지만 선생님 눈에 들려 애쓰지 않았고, 가끔씩 데미안이 선생님에게 심각한 반항이나 도전으로 비칠 정도의 말대답이나 반박을 했다는 소문이 들려왔다.

눈을 감으면 그의 모습이 떠오른다. 어디였을까?

그래, 다시 거기였다. 우리 집 앞 골목이었다. 하루는 그가 노트를 들고 서서 그림을 그리는 모습이 보였다. 우리 집 대문에 걸린 낡은 새 모양 문장을 그리고 있었다. 나는 창문가에 서서 커튼 뒤에 몸을 숨긴 채 데미안을 관찰했다. 문장에 깊이 집중한 차갑고 새하얀 얼굴이 정말 놀라웠다. 어른의 얼굴이자 연구자 혹은 예술가의 얼굴이었다. 열정과 생각이 가득한 지적인 눈빛과 달리 이상하리만큼 창백하고 싸늘한 얼굴이었다.

다시 그를 떠올린다. 조금 더 나중의 일인데, 우리는 하굣길에 땅에 쓰러진 말을 바라보고 있었다. 말은 짐수레의 끌채에 묶인 상태로 수레 앞에 누워 애타게 도움을 찾듯 콧구멍을 하늘로 향한 채 헐떡였다. 겉으론 보이지 않는 상처에서 피가 배어나와 말이 누운 길가의 하얀 먼지를 검붉게 물들이고 있었다. 그 광경에 욕지기가 느껴져서 눈을 돌리다가 데미안의 얼굴을 보았다.

그는 앞으로 나오려 하지 않고 군중 뒤에서 편안하게, 마치 자신에겐 그런 모습이 어울린다는 듯 꽤 우아한 자세로 서 있었다. 데미안의 시선은 말의 머리에 머무는 듯했고, 그 특유의 깊고 고요하며 열중한 듯

하면서도 감정을 찾아볼 수 없는 표정으로 정신없이 바라보고 있었다.

나는 오랫동안 그에게서 눈을 떼지 못했다. 그러다가 무엇인가 몹시 독특한 점을 알아차렸다. 데미안의 얼굴에 소년이 아닌 남자의 얼굴이 있었고, 계속 바라보자니 이번에는 남자도 아닌 다른 존재의 얼굴이 있는 것 같았다. 그 얼굴에는 여자의 얼굴도 들어 있는 것 같았다. 특히 그 순간만큼은 남자나 어린아이도 노인이나 청년도 아니고 수천 살쯤 된, 시간을 초월하여 우리가 사는 세계와 다른 시간대를 사는 듯한 얼굴이 보였다. 동물이나 나무, 별 같은 존재에게서도 똑같은 느낌을 받은 것 같다.

당시 나는 성인이 된 지금에야 표현할 수 있는 느낌을 잘 알지도 정확히 인식하지도 못했지만 어느 정도는 파악한 것 같다. 어쩌면 데미안은 미남이었던 것 같고, 어쩌면 내 마음에 들었거나 싫었을 것이다. 어느 쪽도 확실하지 않다. 단지 그가 우리와 다르며 한 마리 짐승 혹은 유령 혹은 그림 같았다고 기억한다. 데미안이 어떤 모습이었는지 나는 모른다. 하지만 뭔가 달랐다. 말로 설명할 수 없을 만큼 우리와 달랐다.

더는 기억이 나지 않는다. 어쩌면 이 기억조차 훗날 내가 받은 인상을 되새겨보다가 만들어진 것인지도 모른다.

그때부터 몇 년이 지나고 나는 다시 데미안과 가까워졌다. 데미안은 관례인 세례 예식을 동기들과 함께 치르지 않았고, 그 때문에 사람들의 입방아에 올랐다. 학교에는 그가 유대인이거나 이교도라는 소문이 다시 돌았고, 데미안과 어머니가 무신론자라거나 신비한 종교를 믿는다는 이야기까지 생겨났다. 비슷한 소문 중에 그가 어머니와 연인처럼 지낸다는 의혹도 있었다. 추측하건대 데미안은 지금껏 아무런 신앙 없이 자랐고, 그 사실이 그의 미래에 불이익을 줄 만한 위험 요소가 된 것 같았다.

그래서인지 그의 어머니는 또래보다 2년이 늦었지만 이제라도 그에게 세례 예식을 받게 했다. 이런 연유로 데미안은 한 달간 내 또래들과 함께 세례를 위한 교리 수업을 듣게 되었다.

나는 한동안 데미안과 거리를 두었다. 그가 너무

많은 소문과 비밀에 둘러싸여 있었기 때문에 가까이 지내고 싶지 않았다. 사실은 크로머 사건으로 빚진 느낌 때문에 그가 부담스러웠다. 게다가 나 자신의 비밀을 감당하기도 버거운 터였다. 교리문답 수업은 결정적으로 내가 성에 눈뜬 시기에 찾아왔고, 배우려는 의지가 있었음에도 불구하고 내 관심은 경건한 교리에서 멀어질 수밖에 없었다. 교회에서 목사님이 가르치는 내용은 나와 거리가 먼 데다 평화롭고 성스럽다 못해 비현실적이며 아름답고 가치 있는지 몰라도 아무런 현실감이나 흥분을 주지 못했다. 반면 성 문제는 내게 가장 절실하고 자극적이었다.

그런 상태가 지속되자 나는 수업에 흥미를 잃었고 다시 막스 데미안에게 관심을 갖기 시작했다. 무엇인가가 우리 둘을 끌어당기는 것 같았다. 이 기억을 최대한 자세히 이야기하고 싶다. 내가 기억하는 한 그 일은 교실에 등불을 켜야 했던 이른 새벽 수업 시간에 벌어졌다. 교리를 가르치는 목사님이 카인과 아벨의 이야기를 했고, 나는 비몽사몽간에 목사님의 말을 흘려듣고 있었다. 그런데 갑자기 목사님이 다소 흥분한 목소리로 카인의 표식을 설명하기 시작했다.

순간 어떤 신호 또는 경고가 느껴져서 고개를 들자 앞자리에 앉은 데미안이 나를 바라보고 있었다. 무언가 말하는 듯 반짝이는 눈과 표정에 진심과 비난이 섞인 것 같았다. 데미안은 아주 짧은 시간 나를 쳐다보았으나 나는 갑자기 정신이 들어 목사님이 설명하는 카인과 그의 표식 이야기에 집중했다. 그때 마음 깊은 곳에서 목사님의 말이 반드시 옳지 않을 수 있으며, 달리 볼 수도 있고 비판할 수도 있겠다는 생각이 들었다.

그 순간 데미안과 나 사이에 다시 연결고리가 생겨났다. 신기하게도 우리의 영혼에 어떤 관계가 있다는 느낌을 받은 지 얼마 지나지 않아 마법처럼 그 관계가 공간에도 실현되는 것을 보았다. 데미안이 스스로 그랬는지 아니면 우연이었는지 모르지만 당시 나는 우연이라고 굳게 믿었다. 며칠 뒤 교리 수업 교실에서 데미안이 자리를 옮겨 내 앞자리에 앉은 것이었다(나는 아직도 가난한 소년들의 땀내로 가득한 교실에서 아침마다 옅게 풍기는 데미안의 비누 냄새가 얼마나 좋았는지 기억한다). 며칠 후엔 다시 자리를 옮겨 아예 내 옆에 앉았고 겨울과 봄 학기 내내 그 자리를 지켰다.

아침 교리 수업이 완전히 달라졌다. 더 이상 졸리지도 지루하지도 않았다. 교리 수업이 기다려질 정도였다. 우리는 가끔 목사님의 수업을 매우 집중해서 들었고, 내 짝꿍의 눈빛만으로도 주의할 이야기와 이상한 부분이 어디인지 알 수 있었다. 또한 그는 우리만 아는 특별한 눈빛으로 비판하고 의심해야 할 부분을 경고해주었다.

하지만 우리는 불량한 학생이었고 수업을 거의 듣지 않았다. 데미안은 선생님과 또래들 앞에서 언제나 점잖았다. 나는 그가 다른 소년들처럼 멍청한 행동을 하거나 크게 웃고 호들갑을 떨거나 선생님에게 지적받는 걸 한 번도 보지 못했다. 다만 그는 은근하게, 귓속말보다 신호와 눈짓으로 자신의 장난에 나를 끌어들이는 방법을 알고 있었다. 데미안의 기이한 능력이었다.

데미안은 관심이 생긴 학생을 관찰하는 방법을 알려주었다. 그는 대부분의 학생을 정확히 파악했다. 이를테면 수업 전에 확신을 가지고 말했다. "내가 너한테 엄지로 신호를 주면 이 녀석과 저 녀석이 우릴 쳐다보거나 목을 긁을 거야." 수업 도중 내가 그 말을 잊을 즈음 그가 돌연 엄지손가락으로 과장된 몸짓을 했고, 그러면 나는 그가 지목한 학생을 쳐다보았는데 그때마다 꼭두각시처럼 데미안이 말한 대로 행동하는 것이었다.

나는 데미안에게 딱 한 번만 목사님을 조종해달라고 졸랐지만 번번이 거절당했다. 하지만 언젠가 숙제를 하지 않아서 그날만큼은 제발 수업 시간에 목사님이 내게 아무것도 질문하지 않았으면 좋겠다고 했을 때는 도와주었다. 목사님이 교리 문제를 질문할 학생을 찾고 있었는데 하필 죄 지은 아이 같은 표정을 지은 내게 시선이 멈췄다. 그리고 천천히 다가와 나를 향해 손가락을 뻗으며 내 이름을 부르려는 참이었다. 그런데 갑자기 목사님이 산만하고 불안한 듯 목깃을 잡고 흔들더니 데미안 쪽으로 방향을 돌려 자신을 바라보는 그를 쳐다보고는, 뭔가 질문을 하려다가 놀란 듯이 다시 몸을 돌려 한 차례 헛기침을 하고는 다른 학생을 지목하는 것이었다.

나는 내가 재미있어하는 이 장난을 나의 친구가

내게도 똑같이 적용한다는 것을 깨달았다. 가끔 등굣길에 문득 데미안이 등 뒤에 있는 것 같아 돌아보면 진짜로 거기 있는 것이었다.

"너 정말 마음대로 남의 생각을 바꿀 수 있어?"

그는 특유의 어른스러운 말투로 딱 잘라 대답했다. "아니, 그건 아무도 못 해." 설명이 이어졌다. "목사님이 말한 것과 달리 인간은 자유 의지가 없어. 인간은 자기가 원하는 대로 생각하지도, 원하는 대로 남의 생각을 바꾸지도 못해. 하지만 누군가를 유심히 관찰하면 그가 무엇을 생각하고 느끼는지 꽤 정확히 알 수 있어. 그러면 어떤 행동을 할지 예측할 수 있는 거지. 알고 보면 쉬운데, 사람들이 그걸 모를 뿐이야. 물론 그렇게 하려면 연습이 필요해. 예를 들면 나방의 암컷은 수컷보다 수가 훨씬 적어. 다른 동물처럼 나방도 번식을 하지. 수컷이 암컷과 짝짓기를 하면 암컷이 알을 낳게 돼. 네가 암컷 나방을 갖고 있다 치자. 이건 생물학자들도 가끔 실험하는 방법인데, 그러면 밤에 수컷 나방들이 암컷을 찾아 몇 시간이고 날아올 거야. 몇 시간이 걸리더라도 말이야. 수컷은 수십 킬로미터

떨어진 곳에서도 근처에 있는 단 한 마리 암컷 나방의 존재를 느낀대. 이걸 설명하려는 시도가 있었지만 쉽지는 않아. 후각이나 그 비슷한 능력이 있는 것 같아. 우리 눈에는 보이지 않는 흔적을 유능한 사냥개는 발견하고 추적할 수 있는 것처럼 말이야. 내 말 알겠지? 자연에는 그런 것들이 가득해. 누구도 설명할 수 없지만 말이야. 하지만 나는 이렇게 말하고 싶어. 나방의 암컷이 수컷만큼 많았다면 그렇게 예리한 후각을 갖진 못했을 거야! 나방 수컷이 그런 후각을 가진 이유는 그렇게 훈련되었기 때문이야. 동물이나 사람도 모든 관심과 의지를 한 가지 목표에 집중하면 그걸 얻을 수 있어. 그게 다야. 네 질문의 답도 바로 그거야. 누군가를 유심히 관찰해봐. 그 사람 자신보다 더 그 사람을 잘 알 수 있어."

'생각을 읽는 기술'이란 말이 입 밖으로 튀어나올 뻔했다. 오래전 크로머와의 일을 상기시키는 단어 말이다. 크로머 사건은 우리 두 사람에게 껄끄러운 문제였다. 몇 년 전 딱 한 번 데미안이 내 삶에 깊이 관여한 그 일에 관해 우리는 둘 다 언급하지 않았고, 마치 우리 사이에 아무 일도 없었던 것처럼 혹은 마치 상대방이 그 일을 잊었다고 생각하는 것처럼 행동했다. 한 번인가 두 번쯤 함께 길을 걷다가 프란츠 크로머와 마주친 적도 있지만, 눈빛을 교환하거나 말을 꺼내지 않았다.

"그러면 의지는 어떻게 되는 거지?" 내가 의문을 제기했다. "너는 사람에게 자유로운 의지가 없다고 했잖아. 그런데 지금은 우리가 뭔가에 의지를 집중하면 목표를 성취할 수 있다고 말했어. 말이 되지 않는 걸! 내 의지의 주인이 내가 아니라면 마음대로 여기 혹은 저기에 집중할 수도 없는 거잖아."

데미안이 내 어깨를 두드렸다. 내가 그를 즐겁게 해주었을 때 하는 행동이었다.

"질문을 하다니 대단한데!" 데미안이 웃으며 말했다. "그렇게 언제나 질문하고 의심해야 하는 거야. 방금 그 문제는 정말 간단해. 예를 들어 좀 전의 나방이 하늘의 별이나 다른 것에 의지를 집중한다면 아무것도 이루지 못해. 물론 나방이 그런 짓을 하진 않겠지만. 나방은 오로지 자기 종족에게 의미 있고 가치 있는 것, 필요한 것, 반드시 있어야 하는 것을 추구할 테지. 덕분에 믿을 수 없는 일이 벌어진 거고. 다른 동물은 갖지 못한 환상적인 여섯 번째 감각을 발전시킨 거야. 인간이 동물보다 재량과 관심사를 더 많이 가졌는지도 모르지만 좁은 테두리에 갇혀서 벗어나질 못해. 물론 이것저것 꿈꾸는 건 가능해. 반드시 북극에 가겠다고 다짐한다든지 말이야. 하지만 그 소원이 나를 가득 채우고 오로지 그 꿈 때문에 내가 존재할 때 비로소 실행에 옮기고 강렬하게 원할 수 있어. 그런 경우라야 마음속으로 원하는 게 이루어질 거야. 잘 길들인 말을 모는 것처럼 의지를 마음대로 움직일 수 있을 거야. 가령 내가 교리 과목 목사님이 안경을 쓰지 않게 해달라고 강렬히 원해도 그렇게 되진 않을 거야. 그건 장난일 뿐이거든. 하지만 지난가을에 자리를 조금 더 뒤로 옮기고 싶다는 강렬한 소원이 있었는데 그 소원은 잘 이루어졌지. 이름 순서로 봤을 때 내 앞쪽에 앉아야 하는 아이가 몸이 아파서 나오지 않다가 갑자기 수업에 나타났어. 누군가 자리를 내줘야 했기에 기꺼이 내 자리를 양보했지. 내 의지는 줄곧 그런 기회를 기다리고 있었거든."

"그래." 나는 천천히 말을 이었다. "나도 그때 뭔가 좀 이상하다고 생각했어. 우리가 서로에게 흥미를 보인 순간부터 점점 네가 뒤로 왔으니까. 하지만 그건 왜 그랬던 거야? 바로 내 옆자리로 오지 않고 처음엔 앞자리에 앉았잖아, 그렇지? 뭔가 이유가 있어?"

"사실을 말하자면 나 자신도 처음에는 어디로 자리를 옮기고 싶은지 잘 몰랐어. 단지 그 앞자리보다는 더 뒤로 가고 싶었어. 내 의지가 원한 건 너에게 가는 거였는데, 그땐 내가 그 사실을 인식하지 못한 거야. 그 후엔 네 의지가 날 도왔어. 네 앞자리에 앉고 나서야 내 소원이 절반만 이루어졌단 걸 알았어. 네 옆에 앉는 것 말고는 더 이상 바라는 게 없다는 사실을 깨달은 거지."

"그렇지만 네가 내 옆으로 왔을 때는 새로운 학생이 오지도 않았잖아."

"맞아. 다음으로 내가 한 일은 단순히 내가 원하는 대로 그냥 네 옆에 앉는 거였어. 내게 자리를 빼앗긴 학생은 좀 놀란 것 같았지만 그냥 받아들이더라. 목사님도 뭔가 변화가 일어났다는 걸 감지하신 것 같았어.

내게 말을 걸거나 날 볼 때마다 뭔가 불편하신 것 같았거든. 내 이름은 D로 시작하는 데미안인데 맨 뒤에서 S 이름의 학생들 사이에 앉아 있었으니까! 하지만 그걸 명확하게 인식하진 못하셨어. 내 의지가 그걸 거부했고 내가 언제나 그걸 방해했거든. 목사님은 뭔가 이상하다고 생각하여 나를 주의 깊게 관찰하기 시작하셨어. 참 좋은 분이야. 안타깝게도 내겐 아주 쉬운 방법이 있었어. 매번 목사님의 눈을 똑바로 쳐다봤지. 사람들은 그 상황을 견디지 못해. 아주 불안해하지. 누군가에게 무엇을 얻고 싶거든 그 사람 눈을 똑바로 쳐다봐. 물론 상대가 전혀 불안해하지 않는다면 포기해야 해. 그에게선 원하는 걸 얻지 못할 테니까. 그런 경우는 아주 드물지만. 내가 아는 한 내 방법이 먹히지 않은 사람은 단 한 명뿐이야."

"그게 누구야?" 나는 재빨리 물었다.

데미안은 생각에 빠진 것처럼 가늘게 뜬 눈으로 나를 쳐다봤지만 대답하는 대신 고개를 돌렸고, 나는 더 이상 묻지 못한 채 궁금증을 접어야 했다.

지금 생각하면 그의 어머니였던 것 같다. 데미안은

어머니와 매우 친한 것 같은데 어머니 이야기를 하거나 나를 집에 데려간 적이 없었다. 나는 그의 어머니가 어떻게 생겼는지도 몰랐다.

· · · · ·

당시 나는 틈날 때마다 데미안처럼 내가 꼭 성취하고 싶은 일에 의지를 집중하려 애썼다. 그땐 꼭 이루어야만 하는 것처럼 보이는 소원들이 있었다. 하지만 아무 일도 일어나지 않았고 내 뜻대로 되지도 않았다. 데미안에게는 이야기하지 않았다. 내가 갈구한 것들을 차마 말할 수 없었다. 데미안 역시 묻지 않았다.

그동안 종교적 의문에 대한 내 믿음에 빈틈이 많아졌다. 비록 데미안에게 많은 영향을 받긴 했어도 나만큼은 철저한 무신론자인 다른 학생들과 다르다고 생각했다. 학교에는 그런 아이가 몇 명 있어서, 유일한 신과 삼위일체, 처녀가 임신해서 예수를 낳았다는 건 말도 안 되는 우스운 이야기라고, 그런 쓸데없는 소리를 믿다니 인간으로서 창피하다고 주장했다.

나는 결코 그렇게 생각한 적이 없었다. 나 역시 의문은 들었지만, 어린 시절의 경험을 토대로 부모님이 몸소 실천하는 경건한 삶의 실체를 알았고, 그게 절대로 무가치하거나 위선이 아니라는 사실도 인정했다. 오히려 종교에 깊은 경외감을 품었다. 다만 데미안을 통해 진리라고 여겨지는 이야기와 신념을 좀 더 자유롭고 친근하게, 좀 더 흥미롭게 상상을 더하여 바라보는 방법을 배웠고 그가 들려주는 해석을 즐겁게 받아들였다. 물론 카인의 이야기처럼 당혹스러운 내용도 많았다.

한번은 교리 수업 시간에 데미안이 무척이나 대담한 생각을 들려주는 바람에 질겁한 적이 있다. 목사님이 골고다[1] 사건을 설명하고 있었다. 성경에 기록된 예수의 수난과 죽음은 어릴 때부터 깊은 인상을 주었다. 성금요일[2] 같은 기념일에 아버지가 예수의 수난 장면을 읽어주면 그 고통스럽고 아름답고 으스스한 이야기에 완전히 몰입해서 마치 내가 겟세마네와 골고다 언덕에 직접 올라가 그 상황을 생생하게 체험하는

1. 예수가 십자가에 못 박힌 언덕.
2. 예수가 십자가에 못 박힌 날을 기독교에서 기념하는 날. 예수는 금요일에 죽어 사흘 뒤인 일요일에 부활했는데 부활한 일요일이 바로 부활절이다.

것 같았다. 그리고 바흐의 「마태수난곡」을 들으면 이 알 수 없는 세계의 슬프고 강렬한 고난의 빛에 감동하여 온몸이 덜덜 떨렸다. 나는 지금도 이 곡 「비극(actus tragicus)[3]」에서 시와 예술의 진수를 본다.

교리 수업이 거의 끝나갈 때쯤 혼자 생각에 빠져 있던 데미안이 말했다. "싱클레어, 여기에 뭔가 마음에 안 드는 부분이 있어. 이야기를 끝까지 다시 읽고 잘 음미해봐. 이상한 부분이 있어. 두 명의 강도가 나오는 대목 말이야. 언덕 위에 십자가 세 개가 서 있어. 얼마나 장엄한 장면이야! 그런데 선한 강도라니. 이런 감상적인 교훈은 대체 뭐냐고! 뭔지 몰라도 이 강도는 끔찍한 짓을 저지른 흉악범이야. 그런데 갑자기 마음이 착해져서 잘못을 후회하고 눈물을 흘리며 회개하는 거라고! 죽기 직전에 그런 후회가 무슨 소용이야? 억지 감동과 교훈으로 가득한 이따위 이야기는 목사님들의 달콤하고 현실성 없는 설교보다도 못하다고 생각해. 지금 두 강도 중 한 사람을 친구로 골라야 하거나, 두 사람 중 누구를 더 신뢰할지 판단해야 한다면 당연히

3. 바흐 칸타타 중 예수의 죽음을 노래하는 곡, BWV 106.

울면서 회개한 쪽은 아니라고 생각해. 정말이야. 다른 강도 쪽이 더 남자답고 자기 주관이 뚜렷해. 자신이 처한 상황에서 보면 아름다운 미담이 될 수도 있는 뉘우침을 거부하고 끝까지 자기 길을 가거든. 그리고 마지막 순간까지 자기를 도와준 악마의 손을 비겁하게 놓지 않아. 그는 강인한 사람이야. 하지만 성경에서 강인한 사람은 대부분 홀대를 받지. 어쩌면 이 강도도 카인의 후손일지 몰라. 그렇게 생각하지 않니?"

나는 무척 혼란스러웠다. 십자가 수난만큼은 잘 안다고 생각했는데 이제 보니 그토록 많은 이야기를 듣고 읽으면서 아무런 생각도 상상도 진지하게 해보지 않은 것이다. 그럼에도 불구하고 데미안의 논리가 너무 충격적이라 내가 고수하려던 믿음까지 송두리째 흔들렸다. 안 될 일이었다. 내 종교적 신념은 물론이고 모든 생각을 이렇듯 모조리 뒤집을 순 없었다.

데미안은 내가 말을 꺼내기도 전에 언제나 그랬듯 내 거부감을 눈치 챘다.

"그래, 네 생각은 알겠어." 그가 체념하듯이 말했다. "그건 한낱 오래된 이야기에 불과해. 심각하게 생각할 필요 없어! 하지만 꼭 이야기하고 싶은 건 여기서 이 종교의 단점이 분명하게 드러난다는 거야. 구약성경이든 신약성경이든 전지전능한 신은 언제나 훌륭한 모습으로 등장해. 문제는 신이 원래 그런 모습이어서는 안 된다는 거지. 신이 선하고 고귀하고 아버지 같고 아름답고 높고 자애로운 존재라는 건 사실이야. 하지만 세상에는 다른 모습도 존재하거든. 신과 다른 모습은 전부 악마로 치부돼. 사람들은 세계의 다른 반쪽, 세계의 절반을 통째로 없는 것처럼 부정하고 감춰버렸어. 그들은 신이 모든 생명의 아버지라고 찬양하면서 생명이 만들어지는 성생활은 그냥 은폐하고 악마의 짓이라거나 죄악이라고 말하지! 나는 사람들이 여호와라는 신을 숭배한다고 비난하는 게 아니야. 양쪽을 모두 숭배하고 신성시해야 한다고 생각하는 거야. 인위적으로 나눈 공식적인 반쪽이 아닌 모든 세계를 말이야! 신을 예배하면서 동시에 악마도 예배해야 한다고. 나는 그게 옳다고 생각해. 어쩌면 우리 인간은 악마의 특징까지 모두 가진 신을 만들어내야 할지도 몰라. 세상의 가장 자연스러운 현상에 눈을 감지 않아도 되는 신을."

데미안은 평상시와 다르게 무척 흥분했지만 곧 미소를 지었고 더는 자신의 생각을 강요하지 않았다.

그러나 나는 데미안의 말에서 어린 시절에 항상 궁금했지만 누구에게도 말하지 못한 수수께끼와 맞닥뜨렸다. 데미안이 신과 악마에 대해, 허용된 신의 세계와 금지된 악마의 세계에 대해 이야기한 내용은 정확히 내가 한 생각이었고, 빛의 세계와 어둠의 세계라는 양쪽 세계 혹은 세상의 반쪽들에 대해 내가 가진 의문이자 내 이야기였다.

갑자기 내 문제가 모든 인간의 문제이며 모든 인생과 사유의 문제라는 깨달음이 성스러운 그림자처럼 나를 덮었다. 더불어 내 삶과 생각도 위대한 사유들이 이루는 거대한 흐름의 일부라는 생각이 들자 두려움과 경외감이 엄습했다. 이런 생각이 들자 어쩐지 인정받은 것 같고 만족스러웠지만 기쁘지는 않았다. 그 생각 안에 더 이상 아이일 수 없다는, 이제 홀로 서야 한다는 울림이 숨어 있었기에 거칠고 쓴 맛이 느껴졌다.

나는 난생처음 깊이 감춰둔 비밀을 꺼내 '두 세계'에 관해 어릴 때부터 해온 생각을 털어놓았다. 데미안은 내가 그의 의견에 깊이 공감하고 동의한다는 사실을 금방 알아차렸다. 하지만 데미안은 남의 감정을 이용하려 드는 사람이 아니었다. 그는 어느 때보다 깊이 내 말에 귀를 기울였고 내 눈을 똑바로 쳐다보았다. 나는 그의 눈빛에서 이전의 그 독특하고 짐승 같은, 나이를 알 수 없는 시간을 초월한 느낌을 보았고 시선을 다른 곳으로 돌릴 수밖에 없었다.

"나머지는 다음에 다시 이야기할까." 데미안이 상냥하게 말했다. "너는 사람들에게 말할 수 있는 것보다 더 많은 부분을 생각하는 것 같아. 그렇다면 네가 생각하는 대로 살지 못한다는 것도 알겠지. 그건 좋지 않아. 우리가 살면서 실현하는 생각만이 가치 있어. 너는 '허용된 세계'가 단지 세계의 반쪽이라는 걸 알았지만 목사님이나 선생님이 가르치는 것처럼 두 번째 세계를 억누르려고 했어. 하지만 만족스럽지 않았겠지! 생각하기를 시작한 사람이라면 누구도 만족하지 못해."

그 말이 내 마음을 크게 흔들었다.

“그렇지만.” 나는 외치듯 말했다. “세상엔 실제로 그리고 정말로 금지된 악한 일이 존재해. 너도 그걸 부정하진 못할 거야! 그런 일들은 금지되었고 우리는 그것들을 포기해야 돼. 살인과 온갖 범죄가 존재하는 것은 사실이야. 하지만 존재한다고 해서 내가 그 길을 따라가 범죄자가 되어야 하는 건 아니잖아?”

“오늘 모든 이야기를 다 할 순 없어.” 데미안이 달래듯 말을 이었다. “당연히 누구를 때리거나 강간하고 살인하라는 말이 아니야. 절대로 아니야. 하지만 너는 아직 무엇이 '허용'되었고 무엇이 '금지'되었는지 파악하지 못했어. 이제 진실 한 조각을 맛본 거지. 다른 조각도 곧 나타날 거야. 믿어봐! 예를 들면 너는 1년쯤 전부터 다른 충동보다 더 강렬한 충동을 느꼈을 거야. 그건 너에게 '금지'된 것이었겠지. 그리스를 비롯한 다른 나라들은 오히려 그 충동을 신성하게 여기고 화려한 의식을 동원하며 숭배해왔어. 그러니까 '금지'된 것은 영원하지 않으며 변할 수도 있어. 독일은 누구나 목사님 앞에 서서 결혼을 맹세하면 여자와 잘 수 있어. 다른 나라는 그렇지 않아. 지금도 말이야.

그래서 우리는 저마다 허용된 것과 금지된 것, 즉 자신에게 금지된 것이 무엇인지 스스로 찾아내야 해. 금지된 일을 한 번도 하지 않고서도 대단히 나쁜 인간으로 살 수 있어. 그 반대도 가능해. 사실 이건 귀찮음의 문제야! 스스로 판단하여 자신의 재판관 역할을 하기 귀찮은 사람은 이미 정해진 금기에 복종하지. 그게 편하거든. 그렇지 않은 사람에겐 나름의 법이 있어. 명예를 중시하는 사람들이 매일 하는 행동도 이 사람에겐 금기일 수 있고, 터부시하는 일도 허용되는 행동일 수 있어. 누구나 자신의 행동에 책임을 져야 하는 거야."

데미안은 말을 너무 많이 해서 후회되는지 갑자기 입을 다물었다. 나는 그가 느꼈을 감정을 어느 정도 이해할 수 있다. 겉으로는 아주 편하게 생각나는 대로 말하는 것처럼 보였지만, 전에 그가 말했듯 그는 '그냥 말하기 위해서 하는' 대화를 죽을 만큼 싫어했다. 그는 내가 흥미를 보이면서도 지적인 대화의 즐거움과 흥분을 느낄 뿐 대화에 온전히 진지하게 임하지 않는 모습을 발견한 것 같았다.

· · · · ·

앞에서 쓴 '온전히 진지하게'라는 글자를 다시 읽으니 아직 어린아이인 내가 막스 데미안 곁에서 체험한 가장 강렬한 기억이 떠오른다.

우리가 치를 세례 날짜가 가까워졌다. 마지막 교리 수업의 주제는 최후의 만찬이었다. 목사님은 그 주제를 중요하게 생각했는지 최선을 다해 가르쳤고 교실에는 거룩한 분위기마저 감돌았다. 하지만 내 관심은 마지막 교리 수업의 주제와 전혀 다른 곳에, 사실은 내 친구에게 쏠려 있었다.

우리가 교회 공동체에 공식적으로 소속됨을 선언하는 세례 예식을 앞두고, 반년간의 교리 수업에서 얻은 가치 있는 내용은 목사님에게 배운 게 아니라 데미안에게 받은 영향이라는 생각이 물밀듯이 밀려왔다. 나는 교회가 아니라 완전히 다른 사상과 사람들이 모인 집단에 소속될 준비가 되어 있었다. 그런 집단이 실제로 존재할 것 같았다. 어쩌면 내 친구가 교주거나 설교자일지도 모르는 일이었다.

나는 그런 생각을 억누르려고 노력했다. 비록 나의 새로운 의식 세계와 어울리지 않지만 무슨 일이 있더라도 세례 예식은 진지하게 임하고 싶었다. 다만 하고 싶은 대로 하겠다는 생각이 있었다. 이 생각은 다가올 세례 예식을 앞두고 점점 커져서 보통 아이들과는 다른 방식을 통해 예식을 치르겠다는 방향으로 발전했다. 나의 세례 예식은 데미안을 통해 열린 사유 세계로 들어갔다는 의미여야 했다.

데미안과 격렬한 논쟁을 벌인 것은 그 무렵이었다. 교리 수업이 시작되기 전이었는데 그는 내가 점잔을 빼고 꽤 어른스러운 척하며 쏟아내는 이야기를 무신경하게 듣고 있었다.

“우리 이야기가 너무 길어진 것 같다.” 데미안이 전에 없던 엄한 말투로 말했다. “세련된 대화는 아무 가치가 없어. 전혀 없다고. 우리 자신에게서 멀어질 뿐이야. 자신에게서 멀어지는 것은 죄악이야. 우리는 완전히 우리 속으로 들어가야 해.”

우리는 교실에 들어갔고 수업이 시작되었다. 나는 수업에 집중하려 했다. 데미안도 나를 방해하지 않았다.

시간이 조금 흐른 뒤 옆자리에서 이상한 기운이 느껴졌다. 텅 빈 혹은 차가운 혹은 그 비슷한 느낌이 들어 내 옆자리가 빈 줄 알았다. 그 순간 마음이 답답해져서 데미안 쪽으로 고개를 돌릴 수밖에 없었다.

데미안은 평상시처럼 등을 곧게 펴고 우아한 자세로 앉아 있었다. 하지만 평상시와 달랐다. 무언가가 그에게서 사라졌고 대신 내가 모르는 어떤 것이 그를 에워싸고 있었다. 나는 그가 눈을 감았다고 생각했지만 그는 눈을 크게 뜨고 있었다. 데미안의 눈은 어떤 대상도 바라보지 않았다. 그저 멀뚱히 내면 혹은 먼 허공을 응시했다. 미동도 없이 앉아 있는 모습이 숨도 쉬지 않는 것 같았다. 입술은 나무나 돌로 깎아 만든 것 같았다. 얼굴은 돌처럼 새하얗게 창백했으며 갈색 머리칼만 살아 있는 것 같았다. 무릎에 모은 창백한 양손은 움직임도 없이 마치 돌이나 과일 같은 물체처럼 죽은 듯 놓여 있었으나 힘없이 늘어진 게 아니라 강하고 딱딱한 껍질이 안쪽에 숨은 강인한 생명을 감싼 듯했다.

그 광경에 몸이 떨렸다. 데미안이 죽었어! 하마터면

비명을 지를 뻔했다. 그러나 곧 그가 죽지 않았다는 것을 알았다. 데미안의 창백하고 돌 같은 얼굴을 유심히 바라보며 내 앞의 그가 진짜 데미안이라는 사실을 깨달았다. 나와 함께 걸으며 대화하는 평상시의 데미안은 반쪽짜리 데미안이었다. 내게 맞춰주고 잘해주는 역할을 수행하는 반쪽이었다. 진짜 데미안은 지금처럼 단단하고, 시간을 초월한 짐승이나 바위 같고, 아름답고 차갑고 죽은 것 같으면서도 상상할 수 없는 생명력으로 가득 찬 신비한 존재였다. 그런 데미안을 적막, 끝없는 허공, 쓸쓸한 죽음이 감싸고 있었다!

'그는 지금 자기 안에 있는 거야.' 그런 생각을 하자 몸이 떨렸다. 나는 그처럼 고독해본 적이 없었다. 그는 나와 완전히 분리되었고, 내가 닿을 수 없는 공간에 있었다. 마치 세계에서 가장 동떨어진 섬에 놓인 것처럼 내게서 멀어져 있었다.

나 말고 아무도 그 사실을 모른다는 것이 믿기지 않았다. 이 광경을 봤다면 모두 심장이 멎었을 텐데! 하지만 아무도 데미안을 주목하지 않았다. 데미안은 병풍처럼, 마치 우상처럼 반듯하게 앉아 있었다. 파리

한 마리가 이마에 앉았다가 코를 지나 입술로 기어갔지만, 그의 얼굴에는 주름 하나 생기지 않았다.

그는 대체 어디에 있을까? 무엇을 생각하고 무엇을 느끼는 걸까? 천국에 있을까, 지옥에 있을까?

데미안에게 말을 건넬 엄두가 나지 않았다. 교리 수업이 끝나자 다시 살아나 호흡하고 내 눈을 바라보았을 때 그는 전과 같은 데미안이 되어 있었다. 그는 어디서 온 걸까? 어디에 있었던 걸까? 데미안은 피곤해 보였다. 얼굴에 다시 혈색이 돌고 손도 움직였지만 이번에는 갈색 머리카락이 윤기를 잃고 지쳐 보였다.

다음 날부터 내 방에서 새로운 훈련을 시작했다. 의자에 똑바로 앉아서 눈동자를 고정한 채 전혀 움직이지 않고 얼마나 오래 버티는지, 그리고 무엇을 느끼는지 알아보고 싶었다. 하지만 금방 지쳤고 눈꺼풀을 심하게 깜빡거려야 했다.

얼마 지나지 않아 세례 예식을 받았지만 기억나는 게 거의 없다.

그때부터 모든 것이 달라졌다. 내게서 어린아이의 모습이 떨어져내렸다. 날 바라보는 부모님은 다소

난처해했고 누나들은 완전히 모르는 사람처럼 굴었다. 새로 생겨난 감각은 어린 시절의 감정과 즐거움을 변질시켰다. 정원은 향기를 잃고 숲은 더 이상 유혹적이지 않으며 세상은 고물만 가득한 창고처럼 맛과 매력을 잃었다. 책은 종이에, 음악은 소음에 불과했다. 가을의 나무도 그렇게 나뭇잎을 떨어뜨린다. 잎이 떨어지는 걸 느끼지 못하지만 비가 내리거나 햇살이 비추거나 서리가 내리는 동안 생명을 서서히 자기 안으로 깊숙이 감춘다. 나무는 죽는 것이 아니다. 다만 기다린다.

나는 방학이 끝난 뒤 다른 학교로 옮기느라 난생처음 집에서 멀리 떠나게 되었다. 방학 동안 어머니는 이별에 대비해 특별한 애정을 쏟으며 내 마음에 사랑과 그리움, 잊을 수 없는 감정을 만들어주려고 노력했다. 데미안은 여행을 떠났다. 나는 혼자였다.

제4장

베아트리체

*

내 친구를 다시 만나지 못한 채 방학이 끝날 때쯤 성○○라는 도시로 떠나왔다. 김나지움[1]의 선생님이 직접 관리하는 기숙사에 잘 들어갈 수 있도록 부모님이 동행하여 세심히 살펴주었다. 그때 당신들이 나를 어떤 곳에 데려갔는지 알았다면 두 분은 너무 놀라 그 자리에 얼어붙었을 것이다.

시간이 지나면 내가 착한 아들이자 쓸모 있는 시민이 될지, 본성을 따라 아예 다른 길로 가버릴지는 여전히 미지수였다. 나는 오랫동안 아버지의 세계와 우리

1. 독일의 9년제 인문계 중고등학교.

가족의 영향력 안에서 행복하려고 노력했다. 이따금 성공하는 듯했지만 결국 완전히 실패하고 말았다.

세례 예식을 받은 후 찾아온 방학에 처음으로 느낀 독특한 공허함과 외로움(나중에도 이 허무와 숨 막히는 공기가 얼마나 힘들었는지 모른다)은 쉽게 사라지지 않았다. 고향을 떠나는 일은 놀라울 만큼 쉬웠다. 정말 아무렇지 않아서 조금 부끄럽기도 했다. 누나들이 한없이 우는데 나는 울 수가 없었다. 나 자신에게 몹시 놀랐다. 그래도 나는 감정이 풍부한 편이고 본래 아주 착한 아이였기 때문이다.

지금은 완전히 변했다. 바깥세상에 아무 관심이 없었다. 대신 하루 종일 내면으로 파고들어 내 안의 내밀한 곳에서 출렁이는, 허락받지 못한 어두운 물소리에 귀를 기울였다. 게다가 지난 반년 동안 급격하게 자라서 비쩍 마른 채 키만 훌쩍 컸다. 세상으로 나가기엔 불완전한 모습이었다. 소년의 사랑스러움은 찾아볼 수 없었다. 이런 모습을 사랑해줄 사람은 없으리라 생각하여 나 자신을 사랑하지 않았다. 가끔씩 막스 데미안이 몹시 그리웠지만 그를 증오한 적도 많았고 내 인생이 궁핍해진 것도 데미안 때문이라고 생각했다. 내 인생은 마치 더러운 질병에 걸린 것 같았다.

기숙사 학생들은 나를 좋아하지도 관심을 보이지도 않았다. 나는 놀림거리가 되었다가 따돌림을 받았고, 아이들은 나를 소심한 녀석 혹은 달갑지 않은 괴짜로 여겼다. 나는 이런 상황이 마음에 들어 일부러 더 그런 척을 했다. 겉으로는 끊임없이 세상에 냉소적인 척 남자다워 보이는 고독을 껴안았지만 속으로는 한없이 솟아나는 슬픔과 절망감에 지쳐갔다. 수업 시간은 고향에서 쌓은 지식으로 연명했다. 새 학교의 수업 진도가 예전 학교보다 늦었으므로 언젠가부터 같은 반 아이들이 어린애처럼 유치해 보였다.

1년 이상을 그렇게 지냈다. 첫 방학을 맞아 집에 돌아왔지만 아무런 감흥도 없었다. 학교로 돌아가는 길이 즐거울 정도였다.

11월이 되었다. 그즈음엔 날씨와 상관없이 매일 짧은 거리를 산책하며 즐거움을 누리곤 했다. 우울한 심정으로 모든 것을 비판하고 나 자신을 비하하는 데서 느끼는 즐거움이었다. 하루는 안개 낀 저녁 무렵 축축한 공기를 마시며 도시 변두리를 걷고 있었다. 아무도 없는 시민 공원의 넓은 가로수 길이 나를 유혹했다. 길에는 낙엽이 두껍게 쌓여 있었는데 낙엽 더미를 발로 뒤적이자 묘한 흥분이 일었다. 축축하고 떫은 냄새가 났다. 저 멀리 높이 솟은 어두운 나무들이 안개 속에서 마치 유령처럼 보였다.

가로수 길 끝에서 잠시 머뭇거리며 어두운 낙엽을 쳐다보았다. 썩어가고 죽어가는 축축한 향기를 탐욕스럽게 들이마시자 내 속에서 뭔가가 환영하며 반기는 것이 느껴졌다. 하, 삶은 얼마나 허무한가!

옆길에서 누군가 외투 자락을 펄럭이며 걸어오고 있었다. 발길을 옮기려 하자 그가 나를 불렀다. "어이, 싱클레어!"

우리 기숙사에서 가장 나이 많은 알폰스 베크였다. 나는 베크를 좋아했고, 그가 자기보다 어린 학생들에게 빈정대면서 아는 척하는 걸 제외하면 별다른 반감이 없었다. 그는 힘이 아주 세서 기숙사 사감도 꼼짝 못 한다는 소문이 도는 기숙사 영웅담의 주인공이었다.

"여기서 뭐 하니?" 그는 어른들이 우리 또래 소년

들과 대화하는 것처럼 자상하게 물었다. “그래, 맞혀 볼까. 너 방금 시를 쓰고 있었지?”

“그런 짓은 안 해.” 나는 퉁명스럽게 대답했다.

베크는 한바탕 웃더니 나를 따라오면서 수다를 떨었는데, 나는 그런 수다가 익숙하지 않았다.

“걱정할 필요 없어, 싱클레어. 내가 잘 알거든. 가을의 사색에 잠겨 밤안개 속을 걷다 보면 자기도 모르게 시를 짓지. 나도 알아. 물론 죽어가는 자연에 대해, 그리고 스러져가는 젊음에 대해. 하인리히 하이네처럼 말이야.”

“난 그렇게 감상적인 놈이 아니야.” 내가 그의 말을 잘랐다.

“그래그래, 알았어! 하지만 이런 날씨에는 와인 한 잔이나 그 비슷한 걸 할 만한 조용한 장소를 찾아도 좋을 것 같은데. 잠깐 나랑 같이 갈래? 나도 지금 혼자거든. 같이 가기 싫어? 모범생이 되고 싶다면 억지로 꾈 생각은 없어, 친구.”

잠시 뒤 우리는 변두리의 작은 술집에 앉아 미심쩍은 와인이 담긴 두툼한 잔을 들어 건배했다. 처음에는 마음이 편하지 않았지만 새로운 경험이 반가웠다. 와인을 자주 마셔보지 못한 나는 금세 말이 많아졌다. 마치 내 안에 닫혔던 창문이 활짝 열리고 세상이 쏟아져들어온 것 같았다. 얼마나 오랫동안, 얼마나 지긋지긋한 시간 동안 속마음을 털어놓지 못하고 살았던가! 나는 미친 듯이 떠들었고, 카인과 아벨의 이야기까지 하고 말았다!

베크는 내 이야기를 즐겁게 들어주었다. 드디어 대화할 수 있는 상대가 생긴 것이다! 그는 내 어깨를 두드리곤 굉장한 녀석이라며 천재라 불러주었고, 내 마음은 기쁨으로 한껏 부풀어올랐다. 그동안 숨겨온 말하고 떠들고 싶은 욕구를 한없이 발산한 데다 나보다 나이 많은 사람에게 인정받은 데서 오는 기쁨이었다.

그가 나를 천재라고 부르자, 그 단어가 달콤하고 독한 와인처럼 내 영혼으로 흘러들어왔다. 세상이 새로운 색깔로 물들고 수백 가지 생각이 폭포처럼 쏟아졌으며 내 안에서 영혼과 불꽃이 타올랐다. 우리는 선생님과 학생들을 비판했다. 내 눈에는 우리가 서로를 정말 잘 이해하는 듯했다. 나는 그리스인과 이교도에 관한 이야기도 했다.

하지만 베크는 어떻게든 나의 연애사를 캐내려고 했다. 그런데 내게는 말할 게 하나도 없었다. 경험이 없었기에 이야깃거리가 없었다. 와인에 취하긴 했어도 내 안에서 늘 타오르는 욕망, 상상, 환상을 이야기하고 고백할 순 없었다. 베크는 나보다 여자를 잘 아는 것 같았고, 나는 눈을 빛내며 그의 여자 이야기에 귀를 기울였다. 믿을 수 없는 이야기였다. 내가 불가능하다고 생각한 일이 현실에서 당연하게 일어나고 있었다. 알폰스 베크는 열여덟 살 정도의 나이에 이미 이런저런 경험을 한 것 같았다.

베크는 여자들의 특징도 가르쳐주었다. 어린 처녀들은 정중하고 친절한 것만 원하는데, 그것도 근사하긴 하지만 진짜 즐거움은 그게 아니라고 했다. 오히려 부인들한테 더 많은 것을 기대할 수 있다고, 부인들은 훨씬 능숙하다고 알려주었다. 야겔트 부인의 문구점 카운터 뒤에서는 책에서도 읽어볼 수 없는 온갖 일이 다 벌어진다는 거였다.

나는 베크의 이야기에 몹시 심취했고 혼란스러워

졌다. 내가 야겔트 부인과 사랑에 빠질 일은 없겠지만, 두 귀를 의심했다. 나보다 나이 많은 소년들에겐 내가 한 번도 상상한 적 없는 주제가 넘쳐나는 것 같았다. 베크가 말해준 사랑 이야기는 과장한 느낌이 들었지만, 내가 예상한 것보다 훨씬 초라하고 평범했다. 다만 그것이 진실이고 인생이고 모험이었다. 그걸 벌써 체험하고 당연하게 여기는 사람이 내 앞에 있었다.

우리의 대화 열기는 금세 식었고, 무엇인가 빠져나간 것 같았다. 나는 더 이상 천재성을 지닌 소년이 아니라 어른의 이야기에 귀 기울이는 어린아이일 뿐이었다. 그러나 지난 수개월 동안 살아온 것에 비하면 지금 이 순간은 황홀하고 천국 같았다. 게다가 우리가 지금 술집에 앉아 있는 것부터 대화 내용까지 다 금기라는 사실을, 그것도 엄격한 금기라는 사실을 깨닫기 시작했다. 적어도 그 순간 나는 살아 있음을, 혁명을 맛보았다.

그날 저녁이 지금도 또렷하게 기억난다. 밤늦게 흐릿하게 타는 가스등 옆을 지나 축축하고 서늘한 공기 속을 걸어 기숙사로 돌아가는 순간에 나는 난생

처음 술에 잔뜩 취해 있었다. 기분 좋은 경험은 아니었다. 몹시 괴로웠다. 하지만 매력적이고 달콤한 무엇인가가 있었다. 반항과 도취였고 살아 있다는 느낌이었다. 베크는 새파란 꼬맹이라고 놀리면서도 끝까지 챙겨주었다. 나를 반쯤 업은 채 기숙사에 돌아와 열려 있는 복도 창문으로 나를 밀어넣고 자신도 들어왔다.

짧은 시간 죽은 듯이 자다가 정신이 들어 몸을 일으키자 엄청난 고통이 밀려왔다. 간신히 침대에 앉고 보니 낮에 입은 셔츠를 그대로 입은 데다 옷과 신발은 바닥에 굴러다녔으며 담배 냄새와 구토 냄새가 진동했다. 두통과 욕지기, 타는 듯한 목마름이 밀려왔다. 그 순간 오랫동안 보지 못한 광경이 떠올랐다. 고향 마을과 우리 집, 어머니와 아버지, 누나들, 정원이 보였다. 내 조용한 침실과 학교 그리고 광장에 이어 데미안과 받은 교리 수업 장면이 보였다. 모든 것이 빛나면서 광채로 둘러싸여 있었다. 아름답고 고귀하고 순수했다.

그 모든 것이 어제까지만 해도, 아니 몇 시간 전까지도 내 것이었고 나를 기다렸다는 사실을 그제야 깨달았다. 그 모든 게 내가 타락하고 저주받은 시간부터 더 이상 내 것이 아니었고 나는 거절과 미움의 대상이 되었다. 오래전 금빛으로 빛나던 어린 시절의 정원부터 부모님의 사랑과 애정, 어머니의 입맞춤, 매년 찾아온 성탄절, 경건하고 밝은 일요일 아침의 집안 풍경, 정원에 핀 꽃까지 모든 것이 망가졌다. 전부 내가 짓밟았다! 경찰이 찾아와 나를 체포하고 성전을 모독한 인간쓰레기라는 죄목으로 사형을 선고한다 해도 판결에 동의하고 기꺼이 옳다며 죽을 수 있었다.

내가 이곳저곳을 유랑하며 세상을 조롱하고, 충만한 정신으로 데미안과 같은 수준의 사고를 한다고 생각했다. 그런데 지금의 내 모습은 술 취한 인간쓰레기, 음란한 충동에 사로잡힌 역겹고 비겁하고 추한 짐승 같았다. 모든 순수함과 광채, 사랑스러움과 부드러움이 가득한 정원에서 바흐의 음악과 우아한 시를 사랑하던 내가 이렇게 되었다니! 술에 취해 자제력을 잃고 내키는 대로 바보처럼 터뜨렸던 내 웃음소리가 떠올라서 화가 치솟고 구역질이 났다. 이게 진짜 내 모습이었다!

심지어 나는 이 고통을 참아내는 일마저 기뻤다. 그동안 너무 긴 시간 눈과 귀를 닫은 채 숨어 있었고, 너무나 오랫동안 내 마음의 소리를 구석진 곳에 묻어놓았기에 이런 종류의 자학, 우울, 영혼의 끔찍한 느낌까지도 전부 반가웠다. 어쨌든 뭔가가 느껴졌고 불꽃이 일었으며 심장이 뛰었으니 말이다! 당황스러웠지만 이 비참한 상황에서 자유와 봄 같은 것을 느꼈다.

그러는 사이 남들이 보기에 나는 빠르게 내리막을 걷고 있었다. 만취한 첫 경험은 곧 더 이상 첫 경험이 아니었다. 학교에는 술집에 가서 행패 부리는 학생이 꽤 많았다. 나는 그런 녀석들 중에서도 가장 어린 축에 속했지만 오래 지나지 않아 차례가 오길 기다리는 꼬마가 아니라 주동자이자 유명 인사로, 대담한 술꾼으로 이름을 날렸다. 또다시 어두운 악마의 세계에 완전히 종속되어 이 세계에서 유명한 놈이 되고 말았다.

그런 생활을 하면서도 기분은 끔찍했다. 나 자신을 좀먹는 방탕한 생활을 했고, 친구들 사이에서 두목이자 멋진 녀석, 엄청나게 예리하며 재치 있는 놈으로 통했다. 하지만 내 겁 많은 가슴엔 여전히 불안감이 일렁였다. 나는 지금도 일요일 아침에 술집을 나서다가, 깔끔하게 빗어넘긴 머리에 일요일에만 입는 좋은 옷을 입고 길에서 마음껏 장난치는 아이들을 보며 눈물 흘린 걸 기억한다. 한편 작은 술집의 더러운 탁자에 앉아 맥주를 마시며 상상을 초월하는 노골적인 언어로 친구들을 즐겁게 하거나 놀라게 하는 순간에도, 속으로는 남몰래 내가 비웃는 대상을 존경하며 내 영혼, 과거, 어머니와 신에게 무릎 꿇고 눈물을 흘렸다.

내가 친구들과 끝내 한마음이 되지 못하고 그들 사이에서 외로워하며 고통스러워한 데는 이유가 있었다. 나는 술집의 영웅이자 가장 불량한 학생들도 인정한 독설가였다. 내 견해를 유감없이 공개하고 선생님과 학교, 부모님과 교회에 대한 생각을 거침없이 말했으며, 야하고 추잡한 농담에 눈 하나 깜짝하지 않고 오히려 한마디씩 거들었다.

그러나 내 패거리가 여자들을 찾아가면 절대 동행하지 않았고 외로움과 사랑을 향한 그리움, 가망 없는 그리움에 애만 태웠다. 입으로는 난봉꾼 행세를 했지만 나만큼 상처 잘 받고 소심한 아이도 없었다. 길에서 아름답고 단정하고 밝고 우아한 숙녀를 보면 황홀한 꿈을 꾸는 것 같았다. 그들은 나보다 수천 배나 선하고 순결한 존재였다. 한동안 야겔트 부인의 문구점에도 출입하지 못했다. 그녀를 보면 알폰스 베크가 말해준 이야기가 떠올라 얼굴이 빨개졌기 때문이다.

내가 새로운 술집 사회에서 계속 외톨이로 유별나게 행동한다는 사실을 인식할수록 더더욱 벗어날 수 없었다. 술 마시고 허풍 떠는 게 정말로 즐거웠는지는 모르겠다. 술 마시는 일에 결코 익숙해지지 않아 언제나 창피한 꼴을 보이곤 했다. 모든 상황이 어쩔 수 없는 것 같았다. 어쩔 수 없이 그런 짓을 계속했다. 그렇지 않으면 무엇을 해야 할지 전혀 몰랐기 때문이다. 오랜 시간 홀로 있는 것이 두려웠으며 틈만 나면 찾아오는 간지럽고 부끄러운 충동이 생겨날까 봐 두려웠다. 달콤한 사랑을 향한 갈망이 또 찾아올까 봐 겁이 났다.

내게 가장 필요한 건 친구였다. 자주 만나는 학생이 두세 명 있었지만 착하고 성실한 축에 속했으며, 언제부턴가 내 비행이 더 이상 비밀이 아니었기 때문에 슬슬 나를 피하기 시작했다. 모두가 나를 희망이 없고 위태로운 불량 학생이라고 생각했다. 선생님들은 이미 내 행실을 알고 있었고 여러 번 심한 벌을 내리기도 했다. 내가 학교에서 퇴학당하리라는 것은 공공연한 사실이었다. 나도 내가 좋은 학생이 아니라는 걸 잘 알았고, 이 상황도 오래가지 않을 것 같아 그냥 버텼다.

신이 우리를 고독하게 만들고 자기 자신이 되도록 인도하는 방법은 다양하다. 나에겐 방탕하게 사는 방법을 썼다. 마치 불쾌한 꿈을 꾸는 것 같았다. 끈적거리는 지저분한 장소에서 깨진 맥주잔과 독설을 끌어안고 여러 밤을 보내는 내 모습은 꿈에 사로잡혀 추하고 더러운 길을 불안해하며 기어가는 몽상가 같았다.

공주를 만나러 가는 길에 배설물로 가득한 웅덩이에 빠지고 악취와 쓰레기뿐인 뒷골목에 갇히는 꿈도 있지 않은가. 내가 그런 상황이었다. 세련되지 못한 방식을 택함으로써 더 고독해졌으며, 나와 어린 시절 사이에는 나를 노려보는 냉혹한 문지기가 막고 있는, 굳게 닫힌 에덴동산의 문이 생겨난 것이다. 그때부터 어린 시절의 나를 그리워하기 시작했다.

기숙사 사감의 편지를 받고 학교로 달려온 아버지

와 갑작스럽게 얼굴을 마주했을 때는 너무 놀라서 몸이 부들부들 떨렸다. 하지만 겨울이 끝날 즈음 아버지가 한 번 더 학교에 찾아왔을 때는 책망을 하든, 애원을 하든, 어머니를 생각해야 한다고 하든 퉁명스럽고 냉담하게 대했다. 아버지는 결국 몹시 화를 내며 내가 변하지 않으면 창피하고 불명예스러워도 학교에서 끌어내 보호관찰소에 집어넣겠다고 으름장을 놓았다.

마음대로 하라지! 아버지가 집으로 돌아갈 때는 미안한 마음도 조금 생겼지만, 여기까지 와서 내게 아무 영향도 주지 못하고 해결 방법도 찾지 못했으니 아버지는 그런 대접을 받아도 당연하다고 생각했다.

내가 나중에 무엇이 되든지 아무 상관 없었다. 나는 술집에 앉아 잘난 척하는 나만의 독특하고 아름답지 못한 방식으로 세상과 싸웠다. 그게 내가 반항하는 방식이었다. 그러면서 나는 점점 망가졌고 때때로 이런 생각도 했다. 세상이 나 같은 사람을 필요로 하지 않고 더 좋은 위치나 더 가치 있는 과제를 주지 않는다면 나 같은 부류는 필연적으로 망가지겠지. 그렇다면 그 책임은 세상이 져야 한다.

그해의 성탄절 휴가는 정말로 불편했다. 어머니는 나를 보고 깜짝 놀랐다. 나는 키가 더 자랐고 비쩍 마른 어두운 얼굴은 수척했으며 피곤한 표정에 눈까지 빨갛게 충혈되었다. 수염이 나기 시작하여 거뭇거뭇한 턱과 얼마 전부터 쓰기 시작한 안경 때문에 어머니에게는 더 낯선 모습이었다. 누나들은 부모님 뒤에 숨어 나를 비웃었다. 모든 것이 편치 않았다. 아버지와 서재에서 나눈 대화는 거북하고 씁쓸한 데다 친척들과 나눈 인사도 껄끄러웠으며, 성탄 전야라는 사실이 가장 괴로웠다.

어릴 때부터 이날은 우리 집의 가장 큰 명절이었고 사랑과 감사가 가득한 흥겨운 날이었으며 부모님과 나의 관계가 더 돈독해지는 시간이었다. 하지만 이번 성탄 전야는 그저 우울하고 당혹스러울 뿐이었다. 예전처럼 아버지는 '양떼를 지키는' 목동들에게 전해진 기쁜 소식에 관한 성구를 읽었고, 예전처럼 누나들은 선물 꾸러미를 눈여겨보았지만 아버지의 목소리는 즐겁지 않았으며 아버지의 얼굴은 늙고 옹색해 보였다. 어머니는 슬픈 것 같았다. 선물과 덕담, 예수의 탄생과 성탄 트리 모두 괴롭고 불쾌했다.

성탄절에만 굽는 쿠키에서 단내가 진동하며 예전의 달콤한 추억이 뭉게뭉게 떠올랐다. 성탄 트리의 전나무 냄새는 이제 더 이상 존재하지 않는 것들을 깨닫게 해주었다. 나는 어서 그 저녁이 지나가고 휴가가 끝나길 바랐다.

그렇게 겨울이 지나갔다. 얼마 지나지 않아 학교 위원회로부터 태도를 고치지 않으면 퇴학시키겠다는 강한 경고를 받았다. 어차피 오래 버티진 못하리라 생각했다. 뭐, 될 대로 되라지.

나는 막스 데미안에게 특별한 원망을 품고 있었다. 그동안 그를 한 번도 보지 못했다. 학기가 시작될 즈음 두 번이나 편지를 썼지만 답장을 받지 못했고, 그래서 방학 때도 그를 찾아가지 않았다.

· · · · ·

봄이 시작될 무렵이었다. 가을에 알폰스 베크를 만난 공원 울타리의 덩굴식물이 연둣빛을 띠기 시작했다.

그날 공원에서 소녀와 마주쳤다. 혼자 산책하는 내 마음에는 끔찍한 생각과 걱정이 가득했다. 건강이 무척 안 좋아지기도 했고 용돈이 늘 모자라서 친구들에게 빚을 졌기에 집에서 돈을 받아낼 그럴듯한 핑계를 찾고 있었다. 담배와 그 비슷한 것을 사느라 여러 상점에 걸어둔 외상값이 계속 늘어갔다.

심각한 고민은 아니었다. 조만간 퇴학을 당하면 물에 빠져 죽거나 보호관찰소로 끌려갈 텐데, 이런 몇 가지 사소한 문제쯤은 아무것도 아니었다. 하지만 나는 매번 이런 아름답지 못한 문제들을 맞닥뜨려야 했고, 괴로워해야 했다.

그 봄날의 공원에서 내 마음을 몹시 끄는 소녀와 마주쳤다. 그녀는 키가 크고 날씬했으며 세련된 옷차림에 소년 같은 얼굴이 총명해 보였다. 내가 좋아하는 스타일이라 그녀를 보자마자 반해 버렸다. 그녀는 곧 내 상상의 주인공이 되었다. 나보다 나이가 많아 보이지 않았으나 훨씬 성숙하고 우아하고 기품이 있어 숙녀다운 분위기가 풍겼다. 반면 얼굴에 건방진 소년 같은 데가 있어서 내 마음에 쏙 들었다.

지금까지 한 번도 좋아하는 여자에게 제대로 말을 걸어본 적이 없었는데 이번에도 마찬가지였다. 하지만 그녀는 지금까지 만난 사람들 중에서 가장 깊은 인상을 남겼고, 이때 느낀 사랑의 감정은 내 인생에 아주 큰 영향을 주었다.

갑자기 내 앞에 고결하고 숭배할 만한 존재가 나타났다. 아아, 이제껏 어떤 욕망이나 갈망도 지금 이 여인을 경배하고 사모하고 싶은 소망보다 더 깊고 강렬하지는 않았다. 나는 그녀에게 베아트리체[2]라는 이름을 붙였다. 단테의 글을 읽어보지 않았지만 영국 화가의 그림에서 베아트리체라는 소녀를 보았다. 그 그림의 복제품도 간직하고 있었다. 영국 라파엘전파[3]풍의 그림 속 소녀는 갸름한 얼굴에 팔다리가 길고 날씬했으며 손과 표정에는 이지적인 분위기가 서려 있었다. 나의 아름다운 베아트리체와 똑 닮진 않았지만, 날씬한 몸매와 소년 같은 분위기가 똑같이 사랑스러

2. 베아트리체는 이탈리아의 시인 단테가 사랑하고 찬미한 여성이다. 실제 인물인지 여부는 밝혀지지 않았지만 단테의 작품에서 영원하고 이상적인 여성으로 등장한다.
3. 19세기 영국의 미술 사조, 전성기 르네상스의 미술을 비판하고 중세 고딕과 초기 르네상스 미술로 돌아갈 것을 주장했다.

웠으며 얼굴에 깃든 영혼이나 생동감도 비슷했다.

베아트리체와 한마디도 나눈 적이 없었다. 그런데도 그녀는 나에게 매우 큰 영향을 주었다. 베아트리체는 내게 모습을 드러내고 자신의 신전 문을 열었으며 나를 신전의 숭배자로 만들었다. 나는 며칠 만에 밤마다 술집을 오가며 방황하는 짓을 그만두었다. 다시 혼자 있는 걸 견딜 수 있었으며 책을 읽고 산책하는 일이 즐거웠다.

나의 갑작스러운 변화는 많은 비웃음을 샀다. 하지만 내게는 사랑하고 기도를 올릴 대상이 생겼고 다시 꿈이 생겼다. 삶은 다시 예감과 비밀스럽고 알록달록하게 물든 새벽의 설렘으로 가득했다. 남들의 비웃음 따위는 아무렇지도 않았다. 비록 여신을 숭배하는 노예이고 하인이었지만 나는 다시 나 자신이 되었다.

그 시절을 돌이켜보면 감동이 벅차오른다. 나는 다시 망가진 삶의 잔해 위에 '밝은 세계'를 지으려고 애썼다. 내 안의 어둠과 악한 본성을 버리고 완전히 빛 속으로 들어가 신들 앞에 무릎 꿇겠다는 단 하나의 소원을 위해 살았다. 적어도 이때의 '밝은 세계'는 나 스스로 만든 세계였다. 예전처럼 도망쳐서 어머니 뒤에 숨거나 안전함만을 추구하고 책임을 회피한 것이 아니었다. 책임감과 자제심을 가지고 스스로 정하여 실행한 새로운 헌신이었다.

괴로워하며 매번 억눌러야 했던 성적 충동은 성스러운 불꽃을 통해 정신과 기도로 정화되어야 했다. 어둡고 추악한 것은 이제 사라져야 했다. 신음하는 밤, 야한 생각에 두근거리는 심장, 금지된 문에 귀를 기울이는 행동, 육체의 충동은 없어져야 했다. 그 대신 나의 제단에 베아트리체의 모습을 걸어놓고 천사와 신들에게 나 자신을 제물로 바쳤다. 어둠에서 벗어나기 위해 힘쓰는 삶 자체가 빛의 존재에게 바치는 내 헌물이었다. 쾌락이 아니라 순결을 지키고 행운이 아니라 아름다움과 지성을 얻는 것이 내 목표였다.

베아트리체를 향한 숭배는 내 삶을 전부 바꿔놓았다. 어제까지 냉소적인 말을 내뱉던 조숙한 소년은 이제 성스러워지기로 작정한 신전의 사제가 되었다. 나는 방탕한 생활을 청산했을 뿐 아니라 모든 것을 바꾸려고 노력했다. 무엇을 먹든지 마시든지 무엇을 말하든지 걸치든지 순수하고 우아하며 기품 있게 했다. 아침마다 차가운 물로 샤워하기 시작했다. 처음에는 적응하기 힘들었지만 진지하고 우아하게 행동하고 바른 자세로 앉으며 천천히 품위 있게 걸어보려고 노력했다. 남들의 눈에는 이상하게 보였을지 모른다. 하지만 내 안에선 거룩한 의식을 치르는 중이었다.

새로운 신념을 드러내기 위한 여러 가지 노력 중에서 특히 중요하게 시도한 것이 있었다. 그림을 그리기 시작한 것이다. 내가 소유한 영국 화가의 베아트리체 그림이 공원에서 만난 소녀와 그리 닮지 않았다는 게 결정적인 계기였다. 그녀의 모습을 그려서 간직하고 싶었다.

당시 나는 기숙사 독방을 쓸 수 있었다. 그 방에 신선한 즐거움과 희망을 느끼며 아름다운 종이와 물감, 붓을 들여오고 물감 팔레트와 물통, 도자기 접시와 연필을 준비했다. 작은 튜브에 든 고급 템페라 물감도 샀는데 색이 정말 예뻤다. 그중에는 강렬한 크롬그린 색상도 있었다. 나는 아직도 하얀 접시에 처음 그 물감을 짜놓은 순간을 선명하게 기억한다.

조심조심 얼굴을 그리기 시작했지만 어려웠다. 우선 다른 것으로 연습해야 했다. 작은 소품과 꽃, 상상의 풍경, 성당 옆 나무, 사이프러스가 서 있는 로마풍 다리를 그렸다. 나는 장난스러운 행위에 푹 빠져서 크레파스로 그림을 그리는 어린아이처럼 행복해했다. 그리고 마침내 베아트리체를 그리기 시작했다.

종이 몇 장을 망쳐서 그냥 버렸다. 공원에서 본 소녀의 얼굴을 떠올리려 하면 할수록 오히려 생각이 나지 않았다. 결국 그녀의 얼굴을 기억해내는 걸 포기한 채 상상한 이미지대로 얼굴을 그리기 시작했다. 한 군데부터 시작하여 색상과 붓이 가리키는 대로, 손이 가는 대로 그림을 그렸다. 그렇게 그린 결과는 언젠가 꿈에서 본 듯한 얼굴이었고, 그 얼굴이 싫지 않았다. 같은 시도를 계속할 때마다 얼굴의 윤곽이 뚜렷해졌다. 현실에서는 점점 멀어졌지만 내가 원한 스타일에는 더 가까워졌다.

나는 모델도 없이 멍한 상태에서 붓으로 선을 그리고 면을 채우는 일에 익숙해졌고 무의식이 이끄는 대로 장난치듯 그림을 그렸다. 그러던 어느 날 거의 몽롱한 상태에서 얼굴 하나를 완성했다. 그 얼굴은 이전의 그 어느 그림보다 더 강렬하게 말을 건네왔다. 공원에서 만난 소녀의 얼굴은 아니었다. 사실 오래전부터 이미 아니었다.

그 얼굴은 뭔가 달랐다. 어딘가 비현실적이지만 내게는 중요한 의미가 있는 얼굴이었다. 소녀라기보다는 소년의 얼굴에 가까웠으며 머리색도 공원에서 본 아름다운 소녀와 달리 밝은 금발이 아닌 붉은 갈색이었다. 턱선이 곧고 강했으며 입술은 붉었다. 전체적으로 딱딱하고 가면을 쓴 것 같으면서도 그 속에 생명이 가득 숨은 듯 인상 깊은 얼굴이었다.

완성된 그림을 바라보고 있으면 묘한 느낌이 들었다. 신의 얼굴이거나 종교 의식에 쓰는 가면 같기도 하고 반은 남성, 반은 여성 같았으며 나이를 알 수도 없었다. 몽롱한 표정인데도 강한 의지가 엿보이고 생기가 없는 동시에 생명력이 숨어 있었다. 그 얼굴은 내게 무슨 말을 하려는 듯했고, 내 일부인 것 같았으며, 내게 무엇인가를 요구했다. 누군가와 닮은 것 같았지만 그게 누구인지 생각나지 않았다.

한동안 그 초상화는 내 생각과 내 인생을 다스렸다. 나는 그림을 서랍에 숨겼다. 누군가 그림을 보고 날 놀릴지도 모른다고 생각했기 때문이다. 방에 혼자 있을 때면 그림을 꺼내서 초상화와 대화했다. 밤이면 침대 위 벽지에 그림을 핀으로 꽂아두고 잠이 들 때까지 쳐다보았다. 아침에 일어나도 그림부터 찾았다.

바로 그 시기에 어렸을 때처럼 꿈을 많이 꾸기 시작했다. 지난 몇 년 동안 꿈을 전혀 꾸지 않은 것 같았다. 다시 나를 찾아온 꿈은 완전히 새로운 영상을 보여주었고, 내가 그린 초상화도 자주 등장하여 살아움직이며 말을 했다. 그 얼굴은 가끔은 친근하고 어느 때는 차갑고 종종 인상을 찌푸리고 때로는 끝없이 아름답고 조화로운 고귀한 모습이었다.

어느 날 아침, 또 그런 꿈을 꾸고 일어났을 때 그날따라 초상화가 친근하게 바라보며 내 이름을 부르는 느낌이 들었다. 그 얼굴은 어머니만큼이나 나를 잘 아는 듯했고, 오래전부터 그랬던 것 같았다. 두근거리는 심정으로 그림을 쳐다보았다. 숱이 많은 갈색 머리칼, 적당히 예쁘장한 입술, 독특한 광채를 띤(그림의 색이 저절로 휘어져 있었다) 강인한 이마. 나는 점차 그 얼굴을 알아채고 발견하고 깨달았다.

나는 침대에서 뛰어내려 초상화 앞에 섰다. 그림을 최대한 가까이에서 바라보았다. 오른쪽 눈이 왼쪽 눈보다 약간 더 높은, 크고 멍한 초록빛 눈동자를 뚫어지게 쳐다보자 어느 순간 오른쪽 눈이 가볍고 미세하게, 하지만 분명하게 움직였다. 그 움직임에서 비로소 알아챘다.

이 얼굴을 알아채는 데 어떻게 이렇듯 오래 걸렸단 말인가! 바로 데미안의 얼굴이었다.

훗날 내가 그린 얼굴을 기억 속 데미안의 진짜 얼굴과 비교하곤 했다. 두 얼굴은 비슷해 보여도 전혀 달랐지만 나는 그 얼굴이 데미안임을 분명히 알았다.

어느 초여름 저녁, 해가 서쪽으로 지면서 내 방 창문으로 붉은빛을 들이밀었다. 방 안은 어둑어둑했다. 문득 베아트리체 혹은 데미안의 초상화를 창틀에 핀으로 고정하고 저녁 노을 빛이 그림을 어떻게 통과하는지 지켜보고 싶었다. 얼굴 윤곽은 희미했지만 눈 주변의 붉은 테두리, 이마의 광채 그리고 입술의 강렬한 붉은색이 종이에서 불타는 듯 빛났다.

나는 어둠이 깔릴 때까지 그림을 바라보며 앉아 있었다. 그러다 얼굴이 베아트리체도 데미안도 아닌 바로 나 같다는 생각이 들었다. 그림과 나는 닮지 않았다. 그럴 리가 없었다. 그러나 왠지 내 인생을 보여주는 것 같고 내 내면의 모습 같았다. 그 얼굴은 내 운명이자 내 데몬[4]이었다. 다시 친구를 사귄다면 그는 이런 모습일 것이다. 애인이 생긴다면 그녀는 이런 모습일 것이다. 내 삶과 죽음도 이런 모습이리라. 이것이 내 운명의 멜로디였고 리듬이었다.

또한 지난 몇 주 동안 책을 한 권 읽기 시작했는데, 이제까지 읽은 그 어떤 책보다 충격적이었다. 그 후에도 이 책만큼 인상 깊은 책은 니체의 저서 외에는 별로 없었다. 노발리스[5]의 편지와 명언을 담은 책이었다. 내용을 전부 이해하진 못했지만 문장 하나하나가 이루 말할 수 없이 매혹적이고 황홀했다. 내가 초상화

4. 그리스어로 데몬은 악령 혹은 수호천사로서 선과 악에 관계없이 개인의 내면을 조종하는 목소리를 뜻한다.

5. 노발리스(1772~1801)는 독일의 시인이자 소설가다. 초기 낭만주의를 대표하는 인물이며 신비나 꿈, 죽음 따위의 초자연 세계를 그렸다. 서정시 「밤의 찬가」, 소설 「푸른 꽃」 등의 작품이 있다.

밑에 깃펜으로 끼적인 구절이 생각난다. "운명과 기질은 한 개념을 달리 설명한 표현이다." 그제야 그 문장을 이해했다.

내가 베아트리체라고 이름 붙인 소녀와 그 후에도 가끔 마주치곤 했다. 더는 그녀를 봐도 마음이 떨리지 않았지만 늘 부드러운 동질감과 친근함을 느꼈다. 너는 나와 이어져 있어. 물론 너의 본체가 아니라 모습뿐이지만. 너는 내 운명의 일부야.

· · · · · ·

막스 데미안을 향한 그리움이 다시 커졌다. 몇 년째 아무런 연락도 받지 못했지만 딱 한 번 방학 때 마주친 적이 있었다. 지금에서야 이 짧은 만남을 빠뜨리고 이야기했다는 걸 깨달았다. 내 창피함과 허영심 때문이라는 걸 고백한다. 그 이야기부터 해야 할 것 같다.

내가 아직 술집에 드나들던 시절, 방학이라 집에 돌아와 피곤한 얼굴로 마을을 어슬렁거릴 때였다. 지팡이를 이리저리 흔들며 마을 사람들의 변함없이 비루한 얼굴을 구경하다 옛 친구가 내 쪽으로 걸어오는 것을 발견했다. 그를 보자마자 움츠러들고 말았다. 프란츠 크로머가 빠르게 머리를 스쳤다. 데미안이 그 일을 잊었다면 좋을 텐데! 그에게 신세진 일이 있다는 사실이 불편했다. 아무리 어릴 때 저지른 바보짓이더라도 그에게 빚을 진 것이다.

그는 내가 먼저 인사하길 기다리는 것 같았다. 나는 최대한 태연한 척하며 인사를 건넸고 그도 손을 내밀었다. 너무나 데미안다운 악수였다! 그의 굳은 손은 따스했지만 차갑고 남자다웠다!

데미안이 나를 유심히 쳐다보며 말했다. "많이 컸구나, 싱클레어." 그는 전혀 변하지 않았다. 오히려 늘 그랬듯이 나이 들어 보이면서도 젊었다.

나는 데미안과 함께 걸으며 쓸데없는 수다만 늘어놓았다. 내 근황은 꺼내지 않았다. 그러다 그에게 여러 차례 편지를 쓰고 답장 받지 못한 일이 떠올랐다. 제발 그가 나의 멍청한 편지들을 기억해내지 않았으면! 데미안은 편지에 관해 아무 말도 하지 않았다.

베아트리체도 초상화도 없었고, 나는 어두운 시기를

지나고 있을 때였다. 마을 변두리에 이르렀을 때 내가 먼저 술 한잔을 제안했고 우리는 함께 술집을 찾았다. 나는 거만한 말투로 와인 한 병을 주문하여 데미안과 건배하고는, 음주 문화에 익숙한 척하면서 아무렇지 않게 첫잔을 단숨에 비웠다.

"술집에 자주 가니?" 그가 물었다.

"그래, 맞아." 나는 무심하게 대답했다. "그 밖에 할 일이 뭐가 있어? 결국은 술만 한 게 없더라."

"그렇게 생각하니? 그럴지도 모르지. 술이 주는 그 황홀하고 기분 좋은 느낌은 정말 멋지거든! 하지만 매일같이 술집에 앉아 있는 사람들은 더 이상 그런 느낌이 없을 것 같아. 나는 이리저리 술집을 찾아다니는 것만큼 불쌍한 일도 없다고 생각해. 그래, 하루 정도 밤새 타닥타닥 타는 장작 옆에 앉아 제대로 취기를 느끼는 것은 괜찮아. 하지만 끊임없이 잔을 비우는 게 정말 잘하는 짓일까? 밤마다 술집에 앉아 있는 파우스트 박사를 상상할 수 있겠니[6]?"

6. 괴테의 비극 「파우스트」의 주인공. 인간 학문의 덧없음에 절망한 학자 파우스트는 악마와 거래하여 세상의 모든 쾌락을 경험해보려 한다. 악마가 가장 먼저 파우스트를 데리고 가는 장소가 술집이다. 노년의 파우스트가 이미 술이 주는 허망함을 알고 있었기에 악마는 그를 젊게 만든다.

나는 술잔을 단숨에 비우고 그를 노려보며 단호하게 말했다. "아니, 하지만 모두가 파우스트 같지는 않아."

데미안이 놀랍다는 시선으로 나를 바라보더니 이내 전처럼 쾌활하고 우월함이 느껴지는 웃음을 터뜨렸다. "하하, 이런 걸 가지고 다툴 필요가 있을까? 어쩌면 술꾼이나 노름꾼의 삶이 흠잡을 데 없는 시민의 삶보다 생동감 있을지도 모르지. 어디선가 읽었는데, 방탕한 삶이야말로 철학자가 되는 가장 좋은 준비라고 하더라. 위대한 사상가가 되는 건 늘 성 아우구스티누스 같은 인물이란 말이야. 그도 어릴 때 쾌락을 좇고 방탕하게 살았거든."

나는 이 대화가 마음에 들지 않았고 그에게 주도권을 내주고 싶지도 않았다. 결국 싸늘하게 말했다. "맞아, 누구나 자기 마음대로 살면 되는 거야! 솔직히 말해서 사상가 따위가 되고 싶진 않아."

데미안은 눈을 가늘게 뜨고 이미 잘 안다는 듯한 시선을 보냈다. "있잖아, 싱클레어." 그가 천천히 입을 열었다. "너를 불편하게 만들 생각은 조금도 없어. 그런데 말이야, 네가 왜 술을 마시는지 그 이유를 우리

둘 다 모르거든. 네 안에서 네 인생을 인도하는 존재만이 알겠지. 우리 내면에는 우리 자신보다 모든 것을 더 잘 알고 모든 것을 계획하며 더 잘 실행할 수 있는 존재가 있어. 그 사실을 너도 알았으면 좋겠어. 저기 미안하지만, 난 이만 돌아갈게."

우리는 작별 인사를 짧게 나누었다. 나는 몹시 불쾌해져서 혼자 남아 와인을 모두 비웠다. 술집을 나서려다 데미안이 이미 술값을 치른 사실을 알고는 더 화가 났다.

그날의 짧은 만남을 생각하자 머릿속이 데미안으로 가득해졌다. 마을 외곽의 술집에서 그가 던진 말이 이상하리만큼 선명하게 뇌리에 남아 있었다. "우리 내면에는 우리 자신보다도 모든 것을 더 잘 아는 존재가 있어. 그 사실을 너도 알았으면 좋겠어!"

창문에 걸린 그림을 쳐다보았다. 색이 바랬지만 두 눈은 여전히 빛나는 것 같았다. 데미안의 눈빛이었다. 아니면 내 안에 있는 존재의 눈빛인지도 모른다. 모든 것을 알고 있는 존재.

내가 데미안을 얼마나 그리워했는지! 연락도 되지

않았고, 그가 어떻게 지내는지 아무것도 알 수 없었다. 데미안이 어디선가 대학을 다닌다는 사실과 김나지움을 졸업한 후에 어머니와 함께 다른 도시로 떠났다는 정도만 알고 있었다.

크로머에 얽힌 일부터 데미안과 관련된 모든 걸 기억해내려고 노력했다. 데미안이 언젠가 이야기한 것들을 얼마나 자주 떠올려야 했던가! 그것들은 여전히 의미가 있었고 내게 도움을 주었다. 지난번의 불쾌한 만남에서 그가 말한 술꾼과 성인의 의미도 갑자기 분명해졌다. 정확히 내게 그런 일이 일어나지 않았는가? 술에 취한 더러운 생활을 반복하며 눈과 귀를 닫고 마비 상태로 살다가, 이제 정반대로 새로운 삶을 추구하며 순결을 갈망하고 경건한 가치를 쫓고 있지 않은가?

나는 계속 기억을 더듬었다. 벌써 밤이 되었고 밖에는 비가 내렸다. 기억에서도 비 내리는 소리가 들렸다. 밤나무 아래에서 데미안이 프란츠 크로머에 대해 묻고 내 비밀을 알아챈 순간이었다. 하나의 기억이 지나가면 다른 기억이 뒤를 이었다. 우리가 하굣길에 나눈 이야기와 교리 수업 시간에 있었던 일. 마지막으로 막스 데미안을 처음 만난 순간이 기억났다.

그때는 무슨 이야기를 했지? 잘 떠오르지 않았지만 끈질기게 하나하나 기억을 되짚었다. 마침내 생각이 났다. 데미안이 카인에 관한 생각을 들려주었고, 우리는 우리 집 앞에 이르렀다. 그는 우리 집 대문의 아치를 이루는 쐐기 모양 돌에 새겨진, 오래되어 닳고 닳은 문장을 가리키며 그것에 관심이 있다고, 그런 물건에는 주의를 기울여야 한다고 말했다.

그날 밤 나는 데미안과 새 모양 문장이 나오는 꿈을 꾸었다. 문장의 모습은 계속 바뀌었다. 데미안이 문장을 들고 있었는데, 문장은 작고 회색이었다가 굉장히 크고 알록달록한 색이 되었다. 하지만 데미안은 똑같은 것이라고 말했으며 나중에는 문장을 먹으라고 강요했다. 나는 문장을 삼키고 곧 기겁했다. 내가 삼킨 문장의 새가 살아나 내 안을 가득 채우더니 안쪽부터 쪼아 먹는 것 같았기 때문이다. 그렇게 죽음의 공포를 느끼다 꿈에서 깨어났다.

정신이 번쩍 들었다. 한밤중이었고 방으로 비 들이치는 소리가 났다. 창문을 닫기 위해 침대에서 일어나다가 바닥에 있는 하얀 물체를 발로 밟았는데 아침에 일어나보니 내가 그린 초상화였다. 바닥의 습기 때문에 종이가 젖어 울퉁불퉁했다. 종이를 잘 펴서 두꺼운 종이 사이에 끼운 뒤 무거운 책으로 눌러두었다. 다음 날 꺼내보니 종이는 잘 말랐는데 그림이 변해버렸다. 붉은 입술의 색이 옅어지고 두께가 조금 가늘어졌다. 이제는 정말로 데미안의 입술 같아 보였다.

나는 새로운 종이를 꺼내 문장의 새를 그리기 시작했다. 사실은 새가 어떻게 생겼는지 잘 몰랐다. 문장의 조각은 낡은 데다 수차례 덧칠했기 때문에 가까이에서도 알아보기 힘든 부분들이 있었다. 새는 꽃이거나 바구니이거나 둥지 혹은 나무 꼭대기같이 생긴 물체에 앉아 있었는데 나는 그런 것에 상관하지 않고 그저 명확히 기억할 수 있는 부분부터 그리기 시작했다. 이유없이 끌리는 대로 색깔이 강렬한 물감을 집어 든 결과 새의 머리는 황금색이 되었다. 나는 내킬 때마다 계속 그림을 그려서 결국 며칠 만에 완성해냈다.

매섭고 용맹한 매의 머리를 가진 커다란 새였다. 파란 하늘을 배경으로 새의 몸체 절반이 검은색 지구에

끼어 있었고, 그래서 마치 거대한 알에서 빠져나오려는 것처럼 보였다. 바라보면 볼수록 꿈에서 본 알록달록한 색상의 문장 같았다.

데미안의 주소를 알았다 해도 편지를 쓰는 건 불가능했을 것이다. 하지만 무슨 일을 하든지 나를 인도하던 몽환적인 예감에 이끌려 그에게 전해지건 말건 새 그림을 부치기로 결심했다. 그림에 내 이름은 물론 아무것도 적지 않고 테두리를 잘라낸 뒤 커다란 종이봉투를 사서 내 친구의 옛 주소를 적었다. 그리고 우편으로 부쳤다.

시험 기간이 다가왔고 나는 전보다 더 열심히 공부해야 했다. 건방진 태도를 갑자기 바꾼 뒤로 선생님들은 내 행동을 너그럽게 용서해주었다. 그 후에도 모범생이라고는 할 수 없지만, 나를 비롯하여 아무도 내가 반년 전에 퇴학당할 뻔했다는 사실을 기억하지 못했다.

아버지는 다시 예전과 같은 어조로 책망이나 협박이 없는 편지를 보냈다. 하지만 아버지나 다른 누구에게 내 변화가 왜, 어떻게 일어났는지 설명하고 싶지 않았다. 나의 변화가 부모님이나 선생님들의 소망과 맞아떨어진 건 우연이었다. 이 변화는 나를 누구에게 이끌어가지도, 내게 누구를 데려오지도 않았다. 나만 계속 고독해질 뿐이었다.

내 변화는 어딘가에 있을 데미안을, 먼 운명을 향했다. 나는 변화의 중심에 있었음에도 불구하고 이런 사실을 알아채지 못했다. 모든 사건은 베아트리체로 인해 시작되었지만 그 시기 내내 나는 내가 그린 그림과 데미안 생각으로 가득한 비현실적인 세계에서 살았고, 급기야 그녀의 존재를 내 시야와 머리에서 완전히 지워버렸다. 내 꿈과 기대, 내면의 변화에 관해 아무에게도 말할 수 없었다. 아마 내가 원했더라도 불가능했을 것이다.

하지만 내가 어떻게 그런 걸 원할 수 있었겠는가?

제5장

새는 알을 깨고 나오기 위해 몸부림친다

*

내가 그린 꿈의 새는 내 친구를 찾아 떠났다. 그리고 아주 특이한 방식으로 답장이 날아왔다.

어느 날 수업 후 쉬는 시간에 교실의 내 자리에서 책장 사이에 꽂힌 종이쪽지를 발견했다. 내 또래가 수업 시간에 몰래 쪽지를 전달할 때 사용하는 방식으로 접혀 있었는데 누가 보냈는지는 알 수 없었다. 쪽지를 보낼 정도로 친하게 지낸 친구가 없었기 때문이다. 누가 장난친 게 분명한데 그런 장난에 가담할 마음이 없어서 쪽지를 읽지도 않고 책 앞에 놓아두었다. 그런데 수업 도중 우연히 쪽지에 손이 닿았다.

나는 종이를 만지작거리다가 아무 생각 없이 종이를 펼쳐 그 안에 쓰인 글자들을 읽었다. 한 글자에서 시선이 멈추며 소스라치게 놀랐다. 쪽지에 쓰인 문장을 읽는 동안 매서운 추위를 만난 듯 심장이 움츠러들었다.

"새는 알을 깨고 나오기 위해 몸부림친다. 알은 세상이다. 태어나려면 세상을 깨뜨려야 한다. 새는 신에게 날아간다. 그 신의 이름은 아브락사스다."

나는 쪽지의 문장을 여러 번 반복해서 읽고 깊은 생각에 잠겼다. 의심할 여지 없이 데미안의 답장이었다. 나와 그 말고는 아무도 새에 대해 알지 못했다. 그가 내 그림을 받은 것이다. 그림을 이해하고 설명을 보내준 것이다. 하지만 어떻게? 한 가지가 마음에 걸렸다. 아브락사스가 무슨 뜻일까? 그런 단어는 들어본 적도 읽어본 적도 없었다.

"그 신의 이름은 아브락사스다!"

수업 내용을 하나도 듣지 못한 채 시간이 흘렀고 이윽고 오전의 마지막 수업이 시작되었다. 대학을 갓 졸업한 젊은 선생님의 수업인데 매우 젊은 데다 권위를 내세우지 않았기 때문에 우리는 그를 좋아했다.

선생님의 이름은 폴렌이었고, 우리는 그의 지도 아래 헤로도토스를 읽었다. 내가 좋아하는 몇 안 되는 과목인데도 그날은 수업에 집중할 수가 없었다. 기계적으로 책은 폈지만 선생님이 번역하는 내용을 듣지 않고 생각에 빠져들었다. 여담이지만 나는 데미안이 교리 수업 시간에 말해준 내용이 옳았다는 것을 이미 몇 차례 경험했다. 강렬하게 원하면 성공한다는 이야기 말이다.

수업 도중이라도 혼자만의 생각에 정말 깊이 빠져 있으면 선생님은 나를 건드리지 않았다. 하지만 멍하니 있거나 졸고 있으면 어느샌가 선생님이 내 앞에 나타났다. 그런 경험을 몇 번이나 했다. 그러나 정말 깊은 생각에 몰두하면 아무 일도 일어나지 않았다. 상대를 똑바로 쳐다보는 실험도 몇 번 시도했는데 꽤 만족스러웠다. 데미안과 함께일 때는 성공한 적이 없지만, 이제는 시선과 생각만으로 많은 일을 할 수 있다는 걸 깨달았다.

그날도 헤로도토스와 또래들에게서 아주 멀리 떨어

져 있었다. 그런데 갑자기 선생님의 목소리가 번개처럼 내 의식을 파고들었고, 나는 깜짝 놀라 현실로 돌아왔다. 선생님의 목소리가 들렸다. 그가 내 근처에서 있었고 나는 그가 내 이름을 불렀다고 확신했다. 하지만 선생님은 나를 보지 않았다. 나는 안도의 숨을 내쉬었다.

그때 선생님의 목소리가 다시 들렸다. 그가 내뱉은 단어는 '아브락사스'였다.

앞부분을 듣지 못했지만 폴렌 선생님이 무엇인가를 설명하고 있었다. "사이비 교파의 철학과 고대 신비주의 단체의 사상들을 현대의 합리주의자들이 하는 것처럼 단순하게 받아들이면 안 됩니다. 우리가 생각하는 학문이 고대엔 존재하지도 않았으니까요. 그 대신 고대에는 종교적이고 신비적인 진리를 탐구하기 위한 노력이 매우 높은 수준까지 진행되었습니다. 그중 일부는 마술과 속임수로 발전했고, 가끔은 사기와 범죄를 위해 사용되었지요. 마술도 원래는 고귀한 목적과 깊은 사유에서 나온 것입니다. 제가 방금 예로 든 아브락사스의 가르침도 그랬습니다. 사람들은 이 이름을 그리스의 마법 주문과 연관 지었는데, 지금도 야만족이 숭배하는 악마의 이름이라고 생각합니다. 하지만 그 이름은 훨씬 더 많은 의미를 담고 있습니다. 아브락사스는 신성과 악마성을 통일하는 상징적인 임무를 지닌 신으로 생각해볼 수 있을 것 같습니다."

체구가 작은 학자는 점잖은 태도로 열심히 설명했지만 학생들은 크게 신경 쓰지 않았다. 그 이름이 더 이상 등장하지 않았기 때문에 나 역시 내 생각 속으로 깊이 빠져들었다.

'신성과 악마성을 통일하는'이란 표현이 계속 귓가에 남았다. 여기서 실마리를 찾을 수 있었다. 이 주제는 데미안하고 마지막으로 대화한 내용이라 친숙했다. 그때 데미안은 우리가 믿는 신은 단지 제멋대로 나눈 반쪽 세상만 대표한다고 말했다(공식적이고 허용된 '밝은' 세계 말이다). 하지만 우리는 세상을 전부 숭배할 수 있어야 한다고, 그러므로 악마성도 지닌 신을 만들거나 신을 예배하면서 악마도 예배해야 한다고 주장했다. 이제 보니 아브락사스가 바로 신이면서 악마인 신이었다.

한동안 매우 열심히 다른 정보를 찾아보았으나 더 이상 알아내지 못했다. 아브락사스에 관해 알아보려고 도서관을 전부 뒤졌지만 헛수고였다. 게다가 손에 쥐면 작은 돌멩이에 불과한 진리를 찾는, 직접적이고 의식적인 탐색은 내 성격에 맞지도 않았다.

한동안 강렬하게 원했던 베아트리체의 모습은 서서히 가라앉았다. 아니, 오히려 먼 지평선에 가까워지면서 희미해지고 멀어지고 탁해졌다. 그녀는 더 이상 내 영혼을 기쁘게 하지 못했다.

이제 내 안에 홀로 웅크려 있던 기이한 존재가 몽유병자처럼 지내온 내 삶에 새로운 모습으로 등장하기 시작했다. 내 안의 삶을 향한 목마름이, 아니 한동안 베아트리체를 숭배하며 해소한 애정의 갈망과 성적인 충동이 새로운 모습과 목표를 원했다.

나는 여전히 아무것도 만족하지 못했고, 내 갈망을 속이거나 또래들이 행운을 노리는 것처럼 여자를 찾아가 무엇인가를 기대하는 일은 더더욱 불가능했다. 다시 심한 꿈을 꾸었고, 밤보다 낮에 더 많은 꿈을 꾸었다. 각종 환상과 영상 또는 소망이 끓어올라 나를 외부 세계와 단절시켰다. 나는 현실에 존재하는 것보다 내면의 영상과 꿈 또는 환영들과 더 현실처럼 더 생생하게 교류했다.

특별한 꿈 또는 반복해서 나타나는 환상이 내게 중요한 의미로 다가왔다. 가장 중요하면서 내 인생에 계속 영향을 미친 꿈은 이런 내용이었다. 고향집에 돌아가보니 대문의 새 문장은 파란 바탕에서 황금빛으로 빛났고 나는 집에 들어가 어머니를 만났다. 그런데 포옹하려는 찰나 어머니가 한 번도 본 적 없는 크고 강한 형상으로 변했다. 그 형상은 막스 데미안과 내가 그린 초상화를 닮았으나 또 달랐고, 강한 힘이 느껴지는 동시에 매우 여성스러웠다. 그 형상은 나를 끌어당겨 사랑이 가득한 품에 깊이, 뜨겁게 감싸안았다. 기쁨과 두려움이 함께 느껴졌다.

이 포옹은 신에게 바치는 예배이자 범죄였다. 어머니에 대한 많은 기억, 데미안에 대한 많은 기억이 나를 껴안은 형상 안에 환영처럼 나타났다. 어머니의 포옹은 경건함과 거리가 멀었지만 황홀했다. 그 꿈에서 종종 깊은 행복을 느끼며 깨어났다. 가끔은 죽을 것 같은 두려움과 끔찍한 죄를 지은 듯한 가책에 괴로워하며 눈을 떴다.

이런 아주 내면적인 영상과 바깥에서 날아온, 신을 찾으라는 신호 사이에 서서히 무의식적으로 연관성이 생겨났다. 그 연관성은 점점 더 밀접하고 좁아져 내가 이 계시 같은 꿈에서 아브락사스를 부르고 있음을 깨닫기 시작했다. 기쁨과 두려움, 남성과 여성이 합쳐지고, 성스러움과 소름끼치는 두려움이 서로 뒤섞여 있으며, 끔찍한 죄악이 새하얀 순결을 통과하는 모습이 내 사랑의 꿈의 광경이자 아브락사스의 모습이었다.

사랑은 더 이상 내가 처음에 두려워한 것같이 동물적인 어두운 충동이 아니었다. 내가 베아트리체의 모습에 기대한 경건하고 정신적인 숭배 또한 아니었다. 사랑은 그 모든 것이고 그 이상이었다. 사랑은 천사의 모습이자 악마였고, 한몸에 남자와 여자가 있었으며, 인간이자 동물이었고, 최고의 선 그리고 최고의 악이었다. 이런 사랑 속에 살며 이를 맛보는 것이 내 운명 같았다. 이 운명은 나를 목마르고 두렵게 했으며, 나는 내 운명을 꿈꾸다가도 운명을 피해 도망쳤다.

그러나 내 운명은 언제나 나를 덮고 있었다.

봄이 되면 김나지움을 졸업하고 대학에 가야 했지만 어디서 무엇을 공부해야 할지 알 수 없었다. 입술 언저리에는 옅은 수염이 자라고 몸도 어른스러워졌지만 아직 아무것도 모르는 데다 목표도 없었다. 확실한 것은 내 안의 목소리, 내 꿈의 환영뿐이었다. 이것을 무조건 따르는 일이 내 사명이라고 여겼으나 너무 힘들어서 날마다 거부하고 싶었다.

내가 미쳤는가, 보통 사람과 다른가 생각하기도 했다. 물론 나는 보통 아이들이 할 수 있는 것은 거의 다 할 수 있었다. 조금만 노력하면 플라톤을 읽을 수 있었고 삼각함수 문제를 풀 수 있었으며 화학식을 이해할 수 있었다.

하지만 내가 못하는 것이 있었다. 내 안에 희미하게 감춰진 목표를 끄집어내어 내 앞에 그리는 일이었다. 다른 아이들은 교수나 판사, 의사, 예술가 등 무엇이 되고 싶은지 정확히 알았고, 그 길이 얼마나 걸리는지, 어떤 장점이 있는지 파악했지만 나는 그러지 못했다. 언젠가 대단한 사람이 될 수도 있겠지만 내가 무슨 수로 그걸 안단 말인가. 어쩌면 평생 노력하고도 무엇 하나 이루지 못한 채 아무런 목표에도 도달하지 못할 수 있었다. 어쩌면 목표에는 이르렀는데 그 목적지가 아주 추악하고 위험하고 끔찍할 수도 있었다.

단지 내 안의 내가 원하는 대로 살고 싶었는데, 그것이 왜 그리도 힘들었을까?

가끔 꿈에서 본 강렬한 사랑의 형상을 그리려고 시도했지만 번번이 실패했다. 성공했다면 그 그림도 데미안에게 보냈을 것이다. 그는 어디에 있었을까? 나는 몰랐다. 내가 아는 건 그가 나와 연결되어 있다는 사실뿐이었다. 언제 다시 데미안을 만날 수 있을까?

베아트리체와 함께 한 친근하고 조용한 몇 주와 몇 달은 이미 먼 과거가 되었지만, 당시 나는 드디어 어떤 섬에 도달해 평화를 찾았다고 생각했다. 다만 언제나 그렇듯 마음에 드는 상황과 행복한 꿈은 생기기 무섭게 빛을 잃고 희미해졌다. 지나간 것을 그리워하는 일은 무익했다!

나는 이제 채워지지 않는 욕구와 한껏 부푼 기대의 불꽃 속에 살았고 그것은 때때로 나를 몹시 난폭하게 날뛰도록 만들었다. 꿈속 사랑의 형상은 내 손보다도 더 선명한 모습으로 눈앞에 나타났으며, 나는 형상과 이야기하고 그 앞에서 울기도 하고 그를 욕하기도 했다. 형상을 어머니라 부르며 그 앞에 엎드려 눈물을 흘렸고 형상을 연인이라 부르며 흡족한, 모든 것을 잊게 만드는 키스를 나누기도 했으며 형상을 악마와 창녀, 흡혈귀와 살인마라고 부르기도 했다. 그 형상은 가장 순수한 사랑의 꿈으로, 치명적이고 음란한 행위로 나를 유혹했으나 어느 것도 지나치게 선하고 고귀하거나 지나치게 악하고 저급하지 않았다.

그 겨울 내내 말로 설명할 수 없는 내면의 폭풍 속에서 지냈다. 고독에는 이미 익숙한 터라 불편하지 않았다. 나는 데미안과 매 그리고 내 운명이자 연인인 거대한 꿈속의 형상과 함께 했다. 그렇게 사는 것으로 충분했다. 모든 것이 크고 넓은 세계를 향했으며 모든 것이 아브락사스를 암시했기 때문이다. 하지만 내 꿈과 생각은 어느 것 하나도 내게 주도권을 주지 않았다. 나는 무엇도 불러내지 못하고 무엇에도 내 마음대로 색을 칠하지 못했다. 그들이 와서 나를 붙잡고 나를 조종하고 나를 살게 했다.

겉으로는 매우 안전한 것 같았다. 나는 사람이 전혀 두렵지 않았다. 또래 녀석들도 알아챘는지 내게 은근히 존경심을 표현해 왔고, 나는 그들의 행동에 웃을 수밖에 없었다. 원할 때는 언제든 아이들의 생각을 꿰뚫어보고 가끔은 그들을 놀라게 하기도 했는데 다만 그러고 싶은 적이 별로 없었다. 나는 언제나 나 자신에게 몰두했고, 늘 혼자였다.

그러다 이제는 나도 한번쯤 내 안의 무엇인가를 세상에 보여주고 세상과 잘 지내기도 싸우기도 하는 인생을 살아보고 싶다는 갈망이 찾아왔다. 저녁 무렵 거리를 걷다가 답답해서 한밤중이 될 때까지 기숙사에 돌아갈 수 없으면 혹시 내 운명의 여인과 마주치지 않을까, 혹시 다음 골목에 이르면 근처 창문에서 그녀가 날 부르지 않을까 하는 생각도 했다. 가끔은 이 모든 것이 참을 수 없을 만큼 고통스러워서 그냥 죽어버릴까 생각한 적도 있었다.

그때 '우연'이라는 계기를 통해 특이한 은신처를 발견했다. 우연이란 본래 존재하지 않는다. 무엇인가 강렬하게 원하는 것을 발견한다면, 그건 필요한 대상이 우연히 그를 찾아간 것이 아니라 그 자신의 요구와 필요가 대상을 그에게 이끌어준 것이다.

나는 두 번인가 세 번쯤 산책길에 도시 외곽의 작은 교회에서 흘러나오는 오르간 소리를 들은 적이 있는데 그 소리의 근원을 찾아나선 적은 없었다. 그런데 하루는 걷다가 그 소리를 다시 들었다. 바흐의 곡이었다. 교회 문은 잠겨 있었다. 골목에 아무도 없었기 때문에 교회 옆 경계석에 앉아 외투 깃을 세우고 그 곡을 감상했다. 소리가 크진 않아도 좋은 오르간인 것 같았다. 연주도 정말 훌륭해서 환상적인 독주를 감상하는 느낌이었는데 선율에 개인의 의지와 고집이 담겨 있어 마치 기도하는 듯 독특한 느낌이 들었다.

나는 오르간을 연주하는 남자가 음악 속에 숨은 보물을 발견하고 자신의 목숨을 구하듯 보물을 얻기 위해 사력을 다하여 건반을 두드린다는 인상을 받았다. 비록 연주의 기교에 대해 잘 알지 못하지만 어릴 때부터 본능으로 이런 영혼의 표출을 이해했고 음악성이 있는지 여부를 바로 알았다.

음악가는 이어서 조금 현대적인 음악을 연주했다. 레거[1]의 곡 같았다. 교회는 완전히 어두워졌고, 아주 희미한 빛만이 내가 앉아 있는 곳에서 가까운 창문으로 새어나왔다. 나는 음악이 끝나기를 기다렸고 오르간 연주자가 밖으로 나올 때까지 교회 주변을 서성였다. 연주자는 꽤 젊은 남자였는데 키가 작고 통통했다. 그는 빠른 걸음으로 힘차게, 그러나 다소 화가 난 듯한 걸음걸이로 교회를 떠났다.

그때부터 저녁 시간에 교회 앞에 앉아 있거나 그 주변을 배회했다. 하루는 문이 열려 있어서 남자가 흐릿한 가스등 아래 오르간을 연주하는 모습을 의자에 앉아 추위에 덜덜 떨면서도 행복하게 감상했다.

그가 연주하는 음악에서 연주자의 목소리만 들은 것은 아니었다. 그가 연주하는 모든 것이 서로 연관되어 있으며 비밀스러운 관계를 맺은 것처럼 들렸다. 그가 연주하는 곡은 신앙과 헌신, 경건과 관련되었지만 교회 성도나 목사의 경건함이 아니라 중세의 순례자와 수도사의 경건함이 느껴졌다. 모든 종교를 넘어

1. 막스 레거(1873~1916). 헤르만 헤세와 동시대에 살았던 작곡가.

전 우주를 위해 무조건 희생하겠다는 경건함이었다. 그는 바흐 시대 이전의 명곡, 오래된 이탈리아 종교 음악을 꾸준히 연주했는데 한결같이 음악가의 영혼에 깃든 이야기를 하고 있었다. 목마름과 세상을 향한 내면의 집착, 세상에서 멀어지기 위한 격렬한 몸부림, 내면의 어두운 영혼에 귀 기울이는 열정, 헌신을 향한 열망 그리고 기적을 바라는 깊은 호기심에 관한 이야기였다.

하루는 오르간 연주자가 교회에서 나오기를 기다렸다가 몰래 따라가서 그가 도시 변두리에 숨은 작은 술집으로 들어가는 것을 보았다. 나는 참지 못하고 그를 따라 술집에 들어갔으며 처음으로 그의 얼굴을 또렷하게 볼 수 있었다. 그는 술집 구석 자리에 앉았다. 까만 펠트 모자를 쓰고 와인 잔을 앞에 둔 그의 얼굴은 정확히 내가 예상한 그대로였다.

못생긴 얼굴이 거친 분위기를 풍겼으며 호기심은 많지만 완고해 보였다. 고집도 세고 의지도 강해 보였으나 입만은 어린아이의 부드러움이 느껴졌다. 남성적이고 강해 보이는 요소는 모두 눈과 이마에 몰려 있고, 얼굴의 아랫부분은 예민하고 부족하고 미숙해 보이는 동시에 연약한 분위기를 풍겼다. 결단력이 없어 보이는 턱은 소년의 턱처럼 붙어서 강한 이마와 눈빛을 보완하려는 것 같았다. 다만 자부심과 적대심이 가득한 어두운 갈색 눈이 내 마음에 쏙 들었다.

나는 아무 말 없이 그의 맞은편에 앉았다. 술집의 손님은 우리 말고 아무도 없었다. 그는 나를 쫓아버리려는 듯 쏘아보았다. 하지만 나는 버티고 앉아서 그를 똑바로 쳐다보았다.

마침내 그가 언짢은 듯 화를 냈다. "왜 사람을 그렇게 쳐다봅니까? 나한테 무슨 용건이 있습니까?"

"딱히 용건이 있는 것은 아닙니다." 내가 대답했다. "하지만 그쪽에 관해 많은 것을 알고 있어요."

그가 이마를 찌푸렸다. "그렇다면 당신은 음악광인가 보군요? 나는 음악에 열광하는 사람이 역겹습니다."

나는 물러서지 않았다. "당신이 교회에서 연주하는 소리를 자주 들었습니다. 귀찮게 할 생각은 없습니다. 그저 당신에게 뭔가 특별한 것을 배울 수 있다고 생각했어요. 그게 무엇인지는 잘 모릅니다. 제가 하는 말에 크게 마음 쓰지 마세요! 교회 안에 들어가면 연주를 잘 들을 수 있으니까요."

"난 언제나 문을 잠가버립니다."

"최근엔 잠그는 걸 잊으신 것 같더군요. 교회 안에서 들은 적이 있습니다. 보통은 밖에 서서 듣거나 경계석에 앉아서 들어요."

"그래요? 다음에는 안으로 들어오세요. 안이 더 따듯할 겁니다. 문을 두드리기만 하세요. 하지만 세게 두드리세요. 가급적 제가 연주하지 않을 때 말이죠. 자, 그런데 무슨 이야기를 하려고 했지요? 그쪽은 무척 어리군요. 학생이거나 청년 같은데, 혹시 음악을 공부하고 있습니까?"

"아닙니다, 음악을 즐겨 들을 뿐입니다. 당신이 연주하는 절대적인 음악, 들으면 천국과 지옥을 오가는 느낌이 드는 음악이 좋습니다. 그런 음악이 별로 도덕적이지 않아서 좋은 것 같아요. 다른 음악은 전부 도덕적이죠. 전 그렇지 않은 음악을 원합니다. 도덕은 항상 저를 괴롭혔습니다. 말로는 잘 표현할 수가 없네요. 혹시 신인 동시에 악마인 신이 존재한다는 이야기를 아세요? 그런 신이 있다고 들었습니다."

음악가는 커다란 모자를 뒤로 젖힌 뒤 넓은 이마에 흘러내린 검은 머리칼을 흔들었다. 그러고는 나를 무섭게 쳐다보더니 내 쪽을 향해 탁자 위로 몸을 숙였다.

그가 긴장한 듯 조용히 물었다. "방금 말한 신의 이름을 아나요?"

"저는 아는 게 별로 없어요. 단지 이름만 압니다. 그 신의 이름은 아브락사스입니다."

음악가는 마치 누가 우리 대화를 엿듣는 것처럼 주변을 의심스럽게 둘러보았다. 그리고 의자를 내 쪽으로 당기더니 속삭이듯 말했다. "그럴 줄 알았지. 당신은 대체 누굽니까?"

"저는 김나지움에 다니는 학생입니다."

"아브락사스에 대한 건 어떻게 알았습니까?"

"우연히 알게 되었어요."

그는 잔에서 와인이 흘러넘칠 정도로 탁자를 세게 내리쳤다. "우연이라고! 그런 농담은 하지 말아요, 학생! 아브락사스에 관해 우연히 아는 건 불가능해요.

잘 들어요. 그 신에 관해 내가 좀 아니까 어느 정도는 알려줄 수 있어요."

그는 말을 멈추고 다시 의자를 뒤로 당겼다. 내가 기대에 찬 표정으로 바라보자 그가 얼굴을 찡그렸다.

"아니, 지금 여기에서는 말고! 다음에 알려줄게요. 자, 받으세요!"

그는 외투 주머니를 뒤져 군밤 몇 알을 꺼내더니 내게 던져 주었다. 나는 아무 말 없이 군밤을 받아 먹었다. 기분이 좋았다.

"자!" 한참 후 그가 속삭이듯 물었다. "그… 아브락사스에 대한 건 어떻게 알았습니까?"

나는 조금도 망설이지 않고 이야기를 시작했다. "저는 혼자서 혼란스러운 시기를 보내고 있었습니다. 그때 옛 친구가 떠올랐습니다. 저보다 아는 것이 많아 보이는 친구였거든요. 제가 그림을 하나 그렸는데, 지구에서 빠져나오려고 하는 듯 보이는 새였습니다. 그 그림을 친구에게 보냈습니다. 그리고 시간이 지나 그림을 잊어버릴 즈음 쪽지 하나를 받았습니다. 그 쪽지에 이런 내용이 쓰여 있었어요. 새는 알을 깨고 나오기 위해 몸부림친다. 알은 세상이다. 태어나려면 세상을 깨뜨려야 한다. 새는 신에게 날아간다. 그 신의 이름은 아브락사스다."

그는 아무 말도 하지 않았다. 우리는 군밤을 까서 와인과 함께 먹었다.

"한 잔 더 하겠습니까?" 그가 물었다.

"아닙니다, 괜찮습니다. 술을 별로 좋아하지 않거든요."

그는 실망한 듯 미소를 지었다. "편한 대로 해요! 나는 좀 더 마실 생각이라 더 앉았다 가겠습니다. 먼저 가세요!"

그 후 다시 오르간 연주를 마치고 나와 함께 걸으면서 그는 말을 거의 하지 않았다. 우리는 오래된 골목을 걸어서 고풍스러운 대저택에 들어갔고, 굉장히 크지만 다소 어둡고 휑한 방에 들어섰다. 음악에 관한 거라고는 피아노뿐인 데다 거대한 책장과 책상이 학자의 서재 같은 분위기를 풍겼다.

"와우, 책이 많네요!" 내가 감탄하는 말투로 말했다.

"그중 일부는 아버지 서재에서 갖다놓은 겁니다.

그래요. 나는 부모님과 함께 살고 있답니다. 하지만 학생을 그분들께 소개하진 않을 거예요. 어차피 내 손님은 이 집에서 좋은 대접을 못 받거든요. 나는 일종의 탕자예요. 아버지는 굉장히 존경받는 분이죠. 이 지역에서 손꼽히는 목사이자 설교가랍니다. 벌써 눈치 챘겠지만 나는 총명하고 앞날이 창창한 아들이었습니다. 하지만 이제는 탈선하여 정신까지 살짝 이상해진 아들이 되었지요. 신학을 공부하다 국가고시 직전에 그 훌륭한 학문을 내팽개쳐버렸고요. 그렇지만 내가 연구하는 분야는 여전히 그쪽이에요. 시대마다 사람들이 어떤 신을 만들어냈느냐 하는 문제가 가장 중요하고 재미있습니다. 물론 지금은 음악가가 되었고 조만간 작은 오르간 연주 자리를 얻을 것 같습니다. 그러면 다시 교회로 돌아가겠지요."

나는 책장의 책을 훑어보았다. 작은 스탠드의 희미한 불빛으로 보이는 제목 중에는 그리스어, 라틴어, 히브리어 제목도 있었다. 그동안 내 동행인은 어둠 속에서 벽 근처 바닥에 엎드려 무언가에 몰두해 있었다.

한참 후에 그가 나를 불렀다. "이리 와보세요. 철학

연습을 조금 해봅시다. 방법은 쓸데없는 말 대신 바닥에 엎드려 생각하는 겁니다."

오르간 연주자는 성냥에 불을 붙이더니 그가 누운 자리 바로 앞에 놓인 난로의 종이와 장작에 불씨를 옮겼다. 불꽃이 올라왔다. 그는 부채질을 하며 불이 잘 타도록 세심하게 주의를 기울였다. 나는 그쪽으로 다가가 낡은 깔개에 엎드렸다. 그가 불을 응시했다. 나도 불꽃에 마음이 끌렸다. 우리는 한 시간가량 바닥에 엎드린 채 아무 말 없이 반짝이는 난롯불을 바라보았다. 불길은 활활 타오르며 거세게 출렁이다가 점차 사그라지며 움츠러들었고, 깜빡거리며 흔들리다가 마침내 꺼져가는 잔잔한 빛을 바닥으로 흘렸다.

"인간이 만든 종교 가운데 불을 숭배하는 종교도 나쁘진 않지." 그가 중얼거리듯 말했다.

우리는 아무도 말을 꺼내지 않았다. 나는 불꽃을 응시하며 꿈과 적막함에 빠져들었고, 연기의 형상과 재의 모양을 지켜보았다. 그러다가 소스라치게 놀랐다. 내 동행인이 숯불에 송진 조각을 던지자 작고 앙상한 불꽃 하나가 솟아오른 것이다. 그 불꽃은 황금빛 매의 머리를 한 새 모양이었다. 꺼져가는 난로 안에 금빛으로 빛나는 실들이 모여 그물을 만들었고, 글자와 그림이 나타났으며, 얼굴과 짐승, 식물과 벌레, 뱀의 모습이 떠올랐다. 정신이 들어 옆을 바라보니 그는 주먹에 턱을 괴고 재를 바라보느라 여념이 없었다.

"이제 그만 가볼게요." 내가 조용히 말했다.

"그래요, 잘 가요. 또 봅시다!"

그는 일어나지 않았다. 조명이 모두 꺼졌기 때문에 캄캄한 방과 복도, 계단을 지나 마법에 걸린 듯한 오래된 저택에서 간신히 빠져나왔다. 길가로 나와 발걸음을 멈추고 오래된 저택을 올려보았다. 불이 켜진 창문은 하나도 없었다. 대문 앞 가스등 불빛을 받아 문에 걸린 놋쇠 문패가 반짝였다.

'피스토리우스 담임목사 관저'라고 쓰여 있었다.

기숙사에 도착하여 저녁을 먹고 방에 앉아 생각하다 아브락사스나 피스토리우스에 관해 알아낸 것이 없음을 깨달았다. 우리는 채 열 마디도 나누지 않았다. 하지만 그의 집을 방문했다는 사실이 만족스러웠다. 그는 다음에 오래된 오르간 곡 중에서도 아주 훌륭한 북스테후데[2]의 「파사칼리아」를 연주해주겠다고 약속했다.

· · · · ·

오르간 연주자 피스토리우스가 캄캄한 은자의 방에서 바닥에 엎드려 난로를 바라보고 있을 때 이미 첫 교훈을 주었다는 사실을 나중에야 깨달았다. 불을 바라본 경험은 유익했다. 덕분에 내가 늘 지니고 있었지만 전혀 돌보지 못한 성향을 알아볼 수 있었다. 나는 서서히 내 성향을 파악하기 시작했다.

나는 어릴 때부터 자연의 독특한 현상에 집착했다. 단순한 관찰을 넘어 현상이 주는 마법, 그 복잡함, 숨겨진 언어에 매혹되었다. 길게 얽혀 기둥처럼 되어버린 나무뿌리, 알록달록한 대리석 무늬, 물 위에 뜬 기름 무늬, 유리에 생긴 균열 등 모든 현상이 어린 내게는 대단한 마법 같았다. 그중에서도 물, 불, 연기, 구름, 먼지 그리고 눈을 감으면 빙빙 도는 듯한 색의

2. 북스테후데(1637~1707). 바로크 시대의 작곡가이자 오르간 연주자. 「파사칼리아」는 느린 3박자 변주곡이다.

잔상은 정말 특별했다.

피스토리우스의 집을 방문한 뒤 며칠간 그런 기억이 다시 떠올랐다. 그날 이후 느낀 흥분과 기쁨, 내 속에서 솟구쳐나온 격한 감정이 그때 불을 응시한 덕분에 생겨났다는 사실도 깨달았다. 타는 불꽃을 바라본 경험은 놀랄 정도로 내 마음을 편하고 풍요롭게 만들었다.

그때까지 인생의 목표를 향해 걸어오는 동안 겪은 몇 번 안 되는 경험에 이제 새로운 경험이 더해졌다. 자연의 현상을 관찰하고 비합리적이며 복잡하고 기이한 자연의 형태에 매혹되면 그런 현상을 만들어낸 의지와 우리 내면이 통한다는 느낌이 든다. 물론 그런 느낌이 기분 탓이거나 우리 스스로 만들어낸 것 같은 생각이 들기도 한다. 하지만 자연과 우리 사이의 경계가 흔들리고 녹아없어지는 것이 보이면, 우리의 망막에 맺힌 현상이 바깥에서 온 이미지인지 내면에서 만들어낸 이미지인지 알 수 없어지곤 한다. 이렇듯 단순하고 쉬운 경험만으로도 우리가 얼마나 창조적인지, 우리 영혼이 얼마나 광범위하게 세계의 끊임없는 창조에 개입하는지 깨닫는다. 사실을 말하면 우리 안에서 그리고 자연 안에서 움직이는 것은 똑같은, 어떻게 나눌 수 없는 신성이다. 외부 세계가 무너지면 우리가 다시 세계를 재건할 수 있는 이유다. 자연에 존재하는 산과 강, 나무와 나뭇잎, 뿌리와 꽃잎이 우리 안에 이미 존재하며 영원한 존재인 우리 영혼에서 시작되기 때문이다. 다만 우리가 영혼의 영원성을 잘 깨닫지 못하고 사랑의 힘, 창조주의 힘이라고 느끼는 것뿐이다.

몇 년 후 이런 관찰이 유익하다고 주장하는 책을 발견했다. 레오나르도 다빈치의 저서였는데 많은 사람이 침 뱉은 담벼락을 관찰하는 일이 얼마나 유익하고 흥미로운지 모른다는 내용이 들어 있었다. 다빈치는 축축한 담벼락에 생긴 얼룩에서 나와 피스토리우스가 불꽃을 보며 느낀 것과 똑같은 감정을 느낀 듯하다.

다음에 만났을 때 오르간 연주자가 설명했다. "우리는 개인의 한계를 너무 좁게만 생각하고 있어요! 서로 구별되는 다른 부분만 개성이라고 보는 겁니다.

하지만 우리 한 명 한 명은 세계를 구성하는 모든 재료로 이루어졌고, 진화의 역사를 거슬러가면 우리의 육체에 어류와 그보다 더 단순한 생명체의 흔적이 남은 것처럼 우리의 영혼에도 인류의 영혼이 살아온 모든 역사가 들어 있단 말입니다. 과거에 존재한 모든 신과 악마는 그리스인이 만들어냈건 중국인이나 줄루 족이 만들어냈건 상관없이 우리 안에 가능성으로, 소망으로, 탈출구로 존재하는 것이고요. 인류가 교육을 전혀 받지 못한 단 한 명의 평범한 어린아이만 남겨두고 멸망한다고 해도 그 아이는 세계가 만들어진 과정을 다시 발견할 겁니다. 신과 악마, 낙원, 법률과 금기, 구약과 신약 등 그 모든 것을 다시 만들어낼 거예요."

"그렇다고 합시다." 내가 반박했다. "그렇다면 개인의 가치는 대체 어디에 있습니까? 우리가 이미 모든 걸 내면에 갖추었다면 왜 노력해야 하죠?"

"잠깐!" 피스토리우스가 크게 소리쳤다. "우리가 세계를 품고 있다는 사실과 우리가 그 사실을 안다는 건 커다란 차이가 있습니다. 정신병자라도 플라톤과 비슷한 사상을 만들어낼 수 있고, 헤른후트파[3] 학교에 다니는 신앙 깊은 학생도 영지주의[4]나 조로아스터교[5]가 따르는 신화적 요소들의 관계를 창의적으로 해석할 수 있는 법이지요. 하지만 그들은 아무것도 모릅니다! 진실을 모른다면 나무나 돌, 기껏해야 동물과 다르지 않습니다. 하지만 최초로 깨달음의 불꽃이 반짝이는 순간 인간이 됩니다. 설마 거리를 두 발로 걸어다니는 존재들을 단지 직립보행을 하며 뱃속에서 열 달 동안 자식을 키운다고 하여 인간이라 여기는 것은 아니겠지요? 그토록 많은 이가 물고기나 양, 벌레나 거머리이며 저토록 많은 이가 벌이고 개미인 게 빤히 보이지 않느냔 말입니다! 물론 그들 모두 인간이 될 가능성을 지니고 있습니다. 하지만 그 사실을 알아야만, 그 사실을 조금씩 알아가는 방법을 배워야만 인간이 될 가능성이 실제로 존재하는 것이지요."

우리의 대화는 이런 식이었다. 이런 대화가 완전히

3. 경건주의 종교 단체.
4. 기독교와 고대 그리스의 이교 정신을 혼합한 사상.
5. 페르시아의 예언자 차라투스트라가 창시한 종파로 선한 신과 악한 신의 이원론을 믿는다.

새롭거나 아주 놀라운 사실을 가져다준 적은 없었다. 그러나 아무리 진부한 주제라 하더라도 우리가 나눈 대화는 전부 내 마음의 한 부분을 조용히 그러나 꾸준히 망치로 내리치는 것처럼 두드렸으며, 내 생각이 형성되도록, 내가 허물을 벗고 알껍데기를 깨도록 도와주었다. 나는 그와 대화할 때마다 자신감을 얻었고 더 자유로워졌다. 나의 황금빛 새가 부서진 지구 껍데기 밖으로 아름다운 매의 머리를 내밀 때까지.

우리는 꿈 이야기도 자주 했는데 피스토리우스는 꿈을 해석하는 방법을 알고 있었다. 놀라운 에피소드가 방금 기억났다. 한번은 하늘을 나는 꿈을 꾸었다. 내가 난다기보다는 어찌할 수 없는 거대한 기류에 휩쓸려 허공에 던져진 셈이었다. 공중을 나는 게 감격스럽다가 몸이 내 의지와 상관없이 위험한 높이까지 오르자 두려움으로 바뀌었다. 그러다 어느 순간 숨을 멈췄다 내쉬었다 함으로써 상승과 하강을 조절할 수 있다는 구원 같은 사실을 발견했다.

피스토리우스가 그 꿈을 해석했다. "당신을 날게 만든 기류는 우리 모두가 본래 지닌 인류의 거대한 유산입니다. 그건 우리가 모든 힘의 근원에 연결되어 있다는 느낌을 줍니다. 하지만 그런 느낌은 곧 불안함으로 바뀌지요. 굉장히 위험하니까요! 결국 대부분은 날기를 포기하고 정해진 규범에 따라 보도를 걷는 쪽을 택합니다. 하지만 당신은 다릅니다. 당신은 용감한 청년답게 계속 날아올랐지요. 이어서 기적처럼 상황을 제어하는 자신을 발견했습니다. 당신을 밀어 올린 거대하고 보편적인 힘에 약하고 미미하지만 온전한 당신만의 힘이, 기관이, 조종키가 더해진 것입니다! 아주 멋져요. 반면 아무 의지도 없이 공중을 나는 사람들도 있습니다. 이를테면 정신 나간 사람들이 그렇습니다. 그들은 보도를 걷는 사람들보다 심오한 깨달음을 발견하지만 열쇠나 조종키가 없기 때문에 결국 밑바닥으로 추락합니다. 하지만 싱클레어, 당신은 그것을 할 수 있어요! 대체 어떻게 된 것일까요? 아직도 깨닫지 못했습니까? 새로 생겨난 기관, 호흡을 조절하는 그 기관이 당신이 해낼 수 있도록 도왔습니다. 이제 우리의 영혼이 저 깊은 곳에서는 '개인의 것'이 아니라는 사실을 보았겠지요. 기관을 만들어낸 건 당신이 아니니까요! 그 기관은 새로운 것이 아닙니다! 수천 년 전부터 존재해온 것을 단지 빌린 거지요. 물고기의 평형 기관인 부레랍니다. 실제로 부레를 폐처럼 사용하며 환경에 따라 호흡도 할 수 있는 진화되지 못한 독특한 어종 몇 가지가 아직도 존재합니다. 꿈속에서 폐를 부레처럼 사용한 것과 아주 똑같지 않습니까?"

그는 동물사전까지 꺼내서 그 독특한 어종의 이름과 신체 구조를 보여주었다. 내 안에 아주 오랜 옛날의 진화 기능이 살아 있다고 생각하니 꺼림칙했다.

제6장

야곱의 싸움

*

저 독특한 음악가 피스토리우스가 들려준 아브락사스 이야기를 짧게 설명할 자신이 없다. 다만 그에게 배운 가장 중요한 가르침은 나 자신에게 가는 길로 한 걸음을 더 내딛는 방법이었다. 나는 열여덟 살치고는 수백 가지 일에 조숙한 반면 수백 가지 다른 일에 관해서는 아는 게 전혀 없는 특이한 학생이었다.

나를 다른 이들과 비교할 일이 생기면 자주 우쭐해져서 건방지게 굴었는데, 반대로 나 자신이 초라하게 느껴져서 주눅 든 적도 많았다. 가끔은 나 자신을 천재라고 생각하다가 가끔은 미친 게 아닐까 의심하기도

했다. 내 또래가 누리는 즐거움이나 삶은 나와 관계없는 일이기에 다시는 그런 삶에 다가갈 수 없는 게 아닌가 하는 자책과 걱정으로 괴로워했다.

피스토리우스는 자신도 남다른 과정을 거쳐 성인이 되었으므로 내게 용기와 자존감을 심어 주었다. 그는 내가 하는 말과 꿈 이야기, 내 상상과 생각 속에서 가치 있는 것들을 찾아냈고, 그것들을 진지하게 받아들이고 진지하게 이야기함으로써 내게 모범을 보여주었다.

"전에 그런 말을 한 적이 있었지요." 그가 말을 계속했다. "도덕적이지 않기 때문에 음악이 좋다고요. 반박하겠다는 것은 아닙니다. 하지만 당신 자신이 도덕주의자가 되어선 안 됩니다! 자신을 남과 비교하지 않기를 바랍니다. 자연이 당신을 박쥐로 만들었는데 스스로 타조가 되고 싶어 하면 안 되는 것이지요. 가끔씩 자신이 별종처럼 여겨지고 보통 사람과 다른 길을 걷는 현실이 원망스럽겠지요. 하지만 그런 생각은 잊으세요. 불을 들여다보고 구름을 들여다보세요. 어떤 예감이 느껴지고 당신 영혼이 소리 내어 말하기 시작하면 그것에 당신 자신을 맡기세요. 그런 예감과 소리가 혹시 선생님이나 아버지나 선한 신의 뜻과 일치하는지, 그들이 원하는 것인지 묻지 말라는 이야기입니다. 그런 질문은 자신을 망칠 뿐이에요. 그런 물음과 동시에 우리는 보도에 발을 올리고 시대에 뒤처져버립니다. 들어보세요, 싱클레어. 우리의 신은 아브락사스입니다. 그는 신인 동시에 악마이고 그 속에는 밝고 어두운 세계가 공존하죠. 아브락사스는 우리의 생각과 우리의 꿈에 관해 아무것도 반대하지 않아요. 그 사실을 잊지 않기 바랍니다. 당신이 훌륭하고 평범한 사람이 된다면 그는 당신을 떠날 겁니다. 당신을 버리고 그의 사상을 잘 요리해줄 새로운 솥을 찾아나설 겁니다."

나를 가장 꾸준히 찾아온 꿈은 앞에서 말한 어두운 사랑의 꿈이었다. 그 꿈을 자주 꾸었다. 우리 집의 낡은 새 문장 아래로 걸어들어가 어머니를 품에 안으려는데, 어머니 대신 반은 남자고 반은 여자인 거대한 형상을 껴안는 꿈이었다. 나는 그 형상을 몹시 두려워하면서도 타는 듯이 갈망했다. 이 꿈만큼은 피스토리우스에게 이야기할 수 없었다. 다른 것은 다 털어놓았지만 이 꿈은 이야기하지 않았다. 이 꿈은 내가 숨을 곳이자 내 비밀, 내 피난처였다.

마음이 답답해지면 피스토리우스에게 북스테후데의 명곡 「파사칼리아」를 연주해달라고 부탁했다. 저녁이 되어 어둑어둑해진 교회에서 기이하고 경건하며 자신에게만 관심 있고 자신에게만 귀 기울이는 이 음악을 멍하니 듣고 있으면 언제나 위안을 받았고 내 영혼의 소리에 귀 기울여야겠다는 확신이 생겼다.

우리는 오르간 소리가 완전히 사라진 뒤에도 교회에 앉아 첨탑 꼭대기 창으로 옅은 빛이 들어왔다 사라지는 걸 지켜보곤 했다.

"우습지 않나요?" 피스토리우스가 말을 시작했다. "내가 한때 신학을 공부하고 목사가 되려 했다는 것 말이에요. 그건 형식의 차이일 뿐인 건데 내가 착각한 겁니다. 성직자는 나의 천직이자 목표입니다. 하지만 나는 너무 일찍 만족해버렸고 아브락사스를 알기도 전에 여호와에게 나를 바쳤던 겁니다. 아아, 종교는 모두 아름답습니다. 종교는 영혼이지요. 교회에서 성찬식을 하든 메카를 향해 성지순례를 떠나든 모두 똑같아요."

"그렇다면 당신은 그냥 목사가 되어도 괜찮은 것 아닌가요?"

"아닙니다, 싱클레어, 그건 아니에요. 나는 거짓을 말해야 했을 겁니다. 우리는 종교 활동을 종교 차원에서 하지 않아요. 종교가 이성의 영역인 것처럼 말이죠. 필요하다면 가톨릭교도는 될 수 있을 겁니다. 하지만 개신교 목사는 절대 될 수 없어요! 나는 성경을 문자 그대로 깊이 믿는 진짜 신앙인 몇 명을 알고 있습니다. 그런 사람들에게 차마 그리스도는 인간이 아니라 영웅이며 신화이고 인류가 영원한 벽에 스스로 그린 거대한 환상이라고 말할 자신이 없습니다. 지혜로운 말을 듣기 위해, 의무적으로, 무엇 하나 놓치기 싫어서 등의 이유로 교회에 가는 사람들도 있습니다. 그들에게 무슨 말을 해야 할까요? 그들을 개종시켜야 할까요? 그렇게 하고 싶지 않습니다. 성직자는 누구도 개종시키려 해선 안 됩니다. 다만 비슷한 부류의 신도들과 어울리며 종교인다운 감정을 고백하고 전달할 뿐입니다." 그는 잠시 조용해졌다가 다시 입을 열었다. "우리가 아브락사스라 이름 붙인 새로운 신앙은 아름다운 것입니다, 싱클레어. 우리가 가질 수 있는 최고의 것입니다. 하지만 우리의 아브락사스는 아직 어린애일 뿐이에요! 날개가 아직 다 자라지 않았어요. 아아, 이 고독한 종교는 아직 진정한 형태를 갖추지도 못했죠. 종교는 공동체가 있어야 하고 예배와 추종, 축제와 비밀이 있어야 하니까요."

그는 생각에 잠겨들었다.

"하지만 비밀을 혼자서 또는 소수끼리 공유할 순 없나요?" 내가 주저하며 물었다.

"가능은 하죠." 그가 고개를 끄덕였다. "내겐 이미 오랜 비밀이 있습니다. 사실은 제사를 지내고 있어요. 발각되면 감옥에서 몇 년을 보내야 할지도 모르는 제사지요. 하지만 그 제사도 완전하지 않다는 것을 알아요."

그가 갑자기 어깨를 툭 치는 바람에 나는 움찔했다.

"싱클레어." 그가 비장한 어조로 말을 이어갔다. "당신에게도 비밀이 있지요. 나는 당신이 내게 이야기하지 못한 꿈이 있는 걸 압니다. 그 이야기를 듣고 싶은 것은 아니에요. 하지만 잘 들으세요. 그 꿈대로 살고, 꿈처럼 행동하며, 그 꿈을 위한 제단을 쌓기 바랍니다! 물론 완전한 해답은 아니겠지만 그것도 방법이니까요. 당신과 나 그리고 다른 몇몇 사람이 모여 세상을 바꿀지는 계속 지켜봐야 알 겁니다. 하지만 우리는 매일 마음속에 새로운 세상을 건설해야 합니다. 그렇지 않으면 아무런 일도 일어나지 않아요. 내 이야기를 잘 생각해보세요! 싱클레어, 당신은 열여덟 살이죠. 거리의 여자들을 찾아가지 않는 걸 보면 당신에게 사랑의 꿈이, 사랑의 소망이 있다는 걸 알 수 있어요. 어쩌면 그런 꿈과 소망이 당신을 두렵게 하는지도 모르겠네요. 두려워하지 마세요! 당신이 가진 꿈이야말로 당신이 가진 것 중에서 가장 좋은 것이니까요! 날 믿어보세요. 나는 당신 나이였을 때 사랑의 꿈을 억눌렀습니다. 결국 많은 것을 잃어버렸지요. 그러면 안 되는 것이었습니다. 아브락사스를 안다면 결코 그래선 안 됩니다. 우리 내면의 영혼이 바라는 것을 두려워하거나 금기시해서는 안 됩니다."

나는 당황해서 반박했다. "하지만 하고 싶다고 해서 모두 할 수 있는 건 아니지 않습니까? 눈에 거슬린다는 이유로 사람을 죽여버릴 순 없는 것 아닙니까?"

그가 내 쪽으로 몸을 기울였다. "상황에 따라 그럴 수도 있어요. 그렇지만 실수인 경우가 대부분이지요. 생각하는 대로 무조건 실행에 옮겨야 한다는 말이 아닙니다. 결코 그렇지 않아요. 다만 당신에게 중요한 생각을 그냥 떨쳐버리거나 도덕이라는 잣대로 폄하해버리면 안 됩니다. 자신이나 다른 사람을 십자가에 못 박지 않고도 엄숙하게 잔을 들어 포도주를 마시고 희생 의식을 치를 수 있어요. 그런 형식적인 행동 없이도 자신의 충동과 유혹을 존중하고 사랑할 수 있습니다. 그렇게 할 때 충동과 유혹이 의미를 드러냅니다. 그것들은 모두 의미를 지니고 있거든요. 정말 끔찍하고 흉악한 생각이 든다면, 싱클레어, 누군가를 죽이고 싶거나 상상할 수도 없는 더러운 행위에 마음이 끌리면 말입니다, 그럴 땐 잠시 생각해보세요. 당신 마음에 그런 공상을 만드는 것이 아브락사스라는 사실을! 당신이 죽이고 싶은 사람은 아무개 씨가 아닐 겁니다. 그는 껍데기일 뿐입니다. 누군가 미워진다면 그의 모습에서 느껴지는 우리 안의 어떤 것을 미워하는 거지요. 우리 안에 없는 것은 우리에게 아무런 반응도 일으키지 못하니까요."

피스토리우스가 그토록 깊은 속마음을 건드린 건 처음이었다. 나는 아무런 대답도 할 수 없었다. 가장 강렬하고 충격적인 사실은 그의 충고가 수년간 품어 온 데미안의 말과 똑같은 울림을 준 거였다. 두 사람은 서로에 대해 아무것도 모르면서 내게 같은 이야기를 하고 있었다.

피스토리우스가 조용히 말했다. "우리가 보는 사물은 우리 안에 있는 것과 똑같은 사물입니다. 우리 안에 있지 않다면 어느 것도 실제로 존재하지 않아요. 많은 사람이 진짜가 아닌 삶을 살아갑니다. 겉으로 보이는 모습만 진짜로 여기고 내면의 목소리에는 귀를 닫은 채 말이죠. 그런 삶도 행복할 순 있답니다. 하지만 다른 길이 있다는 사실을 안다면 더 이상 많은 사람이 가는 길을 선택하지 않을 겁니다. 싱클레어, 많은 이가 가는 길은 쉽습니다. 우리의 길은 어려워요. 자, 늦었으니 돌아갑시다."

그 후 두 차례나 피스토리우스를 기다렸지만 만나지 못했다. 며칠 뒤 늦은 밤 길거리에서 그가 차가운

바람을 맞으며 외롭게 모퉁이를 돌아오는 모습을 보았다. 그는 잔뜩 취해서 비틀거리고 있었다. 그를 부르고 싶지 않았다. 그는 나를 알아채지 못하고 스쳐지나갔다. 열정적이지만 고독한 눈빛으로 앞을 응시하고 있어서 마치 알 수 없는 어둠의 목소리를 따라가는 것 같았다. 그를 따라 걸었다. 그는 마치 보이지 않는 끈에 이끌린 듯 정신없이, 하지만 유령처럼 멍하게 걸었다. 나는 슬픔을 안은 채 기숙사로, 이루지 못한 내 꿈으로 돌아왔다.

'저러면 내면세계가 새로워지는 건가?' 하다가 곧 야비하고 도덕적인 판단이라 생각했다. 내가 그의 꿈에 대해 뭘 안단 말인가? 그는 그토록 만취한 상태로 두려움에 벌벌 떠는 나보다 안전한 길을 걸어갈지도 모른다.

· · · · ·

학교에서 쉬는 시간에 별로 의식하지 않은 같은 반 아이가 나와 친해지려고 노력하는 것이 보였다. 술이 적은 붉은 금발에 키도 작고 허약해 보이는 소년이었다. 그런데 눈빛과 행동거지에 독특한 면이 있었다. 한번은 저녁 무렵 기숙사로 돌아오는 길에 나를 기다리고 있었다. 하지만 내가 지나가는 걸 그냥 쳐다보다 뒤따라와서 기숙사 현관에 서는 것이었다.

"나한테 무슨 볼일 있어?" 내가 물었다.

"그냥 너랑 한번 이야기하면 어떨까 해서." 그가 수줍게 제안했다. "괜찮으면 나랑 조금 걸어도 될까?"

나는 그를 따라 걸으며 그가 몹시 흥분하고 잔뜩 기대한다는 느낌을 받았다. 그의 손이 떨리고 있었다.

"너 심령술사야?" 그가 대뜸 질문을 던졌다.

"아니, 크나우어." 내가 웃으며 대답했다. "전혀 아니야. 어떻게 그런 생각을 한 거야?"

"그렇다면 너 영매지?"

"그것도 아니야."

"에이, 그렇게 감추지 말고! 너한테 뭔가 특별한 게 있다는 걸 알아. 너의 눈을 보면 다 보여. 네가 영혼들과 친하게 지낸다고 확신해. 호기심에서 묻는 게 아니야, 싱클레어, 아니라고! 나 역시 진리를 찾고 있어. 그리고 혼자라 외로워."

"나한테 말해봐!" 나는 그를 격려했다. "영혼에 관한 거라면 아무것도 몰라. 그저 내 꿈속에서 살고 있지. 네가 그걸 느낀 것 같아. 다른 사람들도 꿈속에 살고 있지만 그들 자신의 꿈은 아니야. 그게 나와 그들의 차이점이지."

"그럴지도 몰라." 그가 속삭였다. "중요한 것은 네가 살고 있다는 꿈이 어떤 꿈이냐는 거야. 근데 너 백색 마법에 대해 알아?"

나는 고개를 저을 수밖에 없었다. "그걸 배우면 자신을 통제할 줄 안대. 불사의 몸도 가질 수 있고 마법도 쓸 수 있다고 했어. 그런 훈련을 해본 적은 없니?"

내가 훈련에 호기심을 보이며 묻자 크나우어는 비밀인 것처럼 행동했다. 하지만 내가 돌아가려고 몸을 돌리자 사실대로 털어놓았다. "가령 잠들고 싶거나 어떤 것에 집중하고 싶을 때 이런 연습을 해. 예를 들면 단어나 이름 또는 도형을 생각해. 다음은 그 대상이 내 안에 들어오도록 최대한 생각을 집중해. 내 머릿속에 그것이 들어 있다고 상상하는 거야. 진짜로 들어 있다고 느껴질 때까지. 이번에는 그것이 목에 있다고 생각해. 온몸이 그 대상으로 채워질 때까지 생각하는 거야. 그러면 나는 돌처럼 단단하게 변하지. 이제 그 무엇도 날 혼란스럽게 만들지 못해."

나는 그가 하는 말을 어느 정도 이해했다. 하지만 그의 마음에 다른 생각이 있는 것 같았다. 그는 이상할 정도로 흥분하며 조급해했다. 나는 그가 편하게 질문할 수 있도록 애썼고, 그는 곧 가장 중요한 문제를 털어놓았다.

"너도 금욕하는 중이야?" 그가 걱정스러운 표정으로 물었다.

"그게 무슨 소리야? 성욕을 말하는 거야?"

"어, 맞아. 난 그 가르침을 안 뒤로 2년간 금욕해왔어. 그 전까진 그런 곳을 다녔어. 무슨 이야기인지 알지? 그럼 너는 여자를 만난 적이 한 번도 없어?"

"응. 나에게 맞는 여자를 아직 발견하지 못했어."

"너에게 꼭 맞는 여자를 만나면 잘 거야?"

"물론이야. 그녀가 반대하지 않는다면." 나는 우습다는 듯이 대답했다.

"아아, 그렇다면 넌 잘못 알고 있는 거야! 내면의 힘은 철저히 금욕해야만 키울 수 있어. 나는 그걸 2년 내내 해왔어. 2년하고도 한 달이 넘도록! 금욕은 정말 힘들어! 가끔씩 더 이상 참을 수 없을 때가 있어."

"내 말을 들어봐, 크나우어. 나는 금욕이 그렇게 중요하다고 생각하지 않아."

"나도 알아." 그가 대답했다. "모두 그렇게 말해. 하지만 너도 그렇게 말할 줄 몰랐어. 더 높은 정신의 경지에 이르고 싶다면 무슨 일이 있어도 순결을 지켜야 해!"

"그래, 그렇게 생각하면 그렇게 해! 하지만 나는 성욕을 억제하는 사람이 그렇지 않은 사람보다 '더' 순결한 이유를 이해할 수가 없어. 혹시 네 모든 생각과 꿈에서 성적인 것을 몰아낼 수 있다고 생각하니?"

그는 절망적인 표정으로 나를 쳐다보았다. "아니, 절대 못 해! 제기랄! 하지만 그래야 해. 내가 밤마다 꾸는 꿈은 나 자신에게 말하기도 어려운 꿈이야! 정말 끔찍한 꿈이라고! 너는 몰라."

피스토리우스의 조언이 떠올랐다. 하지만 그의

이야기가 아무리 적절해도 그대로 전할 수는 없었다. 내가 직접 경험해서 얻은 것이 아닌 조언을, 그 조언을 내가 직접 실천할 정도로 성장했다고 생각되지도 않는 상황에서 전할 수는 없는 노릇이었다. 나는 가만히 있었다. 자존심이 상했다. 누군가 내게 조언을 구하는데 아무것도 해주지 못했다.

"나는 뭐든지 다 해봤어!" 크나우어가 옆에서 불평을 늘어놓았다. "찬물도 끼얹어보고 눈밭에 구르기도 하고 운동도 하고 달리기도 했어. 할 수 있는 건 다 해봤는데 소용없었지. 밤마다 감히 상상할 수도 없는 꿈을 꾸다 깼어. 가장 끔찍한 게 뭐냐면, 그러면서 점점 내가 정신적으로 훈련한 것들을 잃어버린 거야. 이젠 무엇에 집중하거나 잠드는 것도 쉽지 않아. 밤새 뜬눈으로 누워 있곤 해. 더 이상은 견디기 힘들어. 만일 모든 노력을 포기하고 다시 순결하지 못한 삶으로 돌아간다면 나는 전혀 노력하지 않은 사람보다 나쁜 인간이 되는 거야. 내 심정을 이해하니?"

나는 고개를 끄덕였지만 아무 말도 하지 않았다. 그의 이야기가 지루해졌다. 그의 심각한 어려움과 절망을 듣고도 아무런 느낌이 없는 나 자신에게 깜짝 놀랐다. 나는 그를 도울 수 없다는 생각만 들 뿐이었다.

"나한테 해줄 말 없어?" 그가 지치고 슬픈 말투로 물었다. "전혀? 뭔가 방법이 있을 거 아냐! 넌 어떻게 해내는 건데?"

"나는 너를 도울 수 없어, 크나우어. 누가 누구를 도울 수 있는 문제가 아니야. 나 역시 아무런 도움도 받지 않았어. 너 스스로 깊이 생각해봐야 해. 그리고 너 자신의 생각대로 행동해야 해. 다른 방법은 없어. 너 자신을 발견하지 못한다면 정신도 발견할 수 없을 거라고 생각해."

키 작은 소년은 실망하여 갑자기 입을 다물고 나를 바라보았다. 그러더니 갑자기 분노가 가득한 눈빛으로 노려보며 얼굴을 찡그리고는 목소리를 높였다. "하, 완전 훌륭한 도덕군자네! 너도 더러운 놈이야. 난 알아! 넌 마치 현자인 척하지만 나나 다른 사람들과 똑같이 몰래 더러운 진창에 몸을 비빈다고! 넌 돼지야, 나와 똑같은 돼지야. 우리는 모두 돼지란 말이야!"

나는 그를 홀로 남겨둔 채 자리를 떠났다. 크나우

어는 두세 걸음 정도 나를 따라오다가 걸음을 멈추더니 몸을 돌려 달아났다. 안타까움과 혐오의 감정이 뒤섞여 속이 메스꺼웠다. 그 감정은 기숙사로 돌아와 내 그림들을 세워놓고 간절한 마음으로 내 꿈에 빠져들 때까지 사라지지 않았다. 그리고 꿈이 찾아왔다. 우리 집 대문과 문장, 어머니와 낯선 여성이 나타났고, 여성의 얼굴이 너무도 또렷이 보였기에 그날 밤 바로 꿈의 얼굴을 그렸다.

며칠 뒤 꿈에 이끌린 듯 정신없이 붓을 휘둘러 10여 분 만에 그림을 완성했다. 그날 저녁 그림을 벽에 걸고 탁상용 램프를 갖다놓은 뒤 결판이 날 때까지 싸워야 하는 유령과 마주한 것처럼 그림 앞에 섰다. 그림은 전과 비슷한, 데미안과도 비슷한, 어떤 부분은 오히려 나와 비슷한 얼굴이었다. 한쪽 눈이 다른 쪽 눈보다 확실히 더 높았고, 시선은 나를 넘어 운명이 가득한 저편을 강렬하게 응시했다.

그림 앞에 서자 긴장감이 몰려와 가슴속까지 차가워지는 듯했다. 나는 그림을 향해 질문을 던지며 하소연하다 그림을 어루만지고 기도를 올렸다. 그림을 어머니라 부르고 연인이라 불렀으며 창녀와 매춘부라고, 아브락사스라고 불렀다. 그때 피스토리우스의 이야기가 떠올랐다. 아니, 데미안이 들려준 이야기인가? 언제 들었는지 잘 기억나지 않았다. 하지만 목소리가 다시 들리는 것 같았다. 야곱이 하나님의 천사와 싸운 이야기였다. 야곱은 "나를 축복하지 않으면 당신을 결코 보내지 않겠다."라고 말했다[1].

램프에 비친 그림의 얼굴은 시시각각 변했다. 밝고 환해졌다가 검고 어두워졌으며, 생기 없는 눈 위로 창백한 눈꺼풀을 내리깔기도 하고, 다시 눈을 떠서 강렬한 눈빛을 빛내기도 했다. 얼굴은 여성이며 남성이었고, 소녀이며 작은 아이이며 짐승이었고, 희미하게 변했다가 다시 크고 선명해졌다.

나는 내면의 강렬한 부름에 이끌려 눈을 감았고, 마음속으로 그림을 더 또렷하고 더 자세하게 보았다. 그림 앞에 무릎을 꿇고 싶었으나 그림이 내 안에 너무도

1. 성경 창세기에 등장하는 이야기. 천사가 야곱을 찾아와 밤새 몸싸움을 하다 새벽 동이 터오자 이길 수 없음을 알고 야곱을 쳐서 엉덩이뼈를 부러뜨렸다. 그런데도 야곱이 놓아주지 않자 천사는 자신을 놓아달라고 사정했다. 야곱은 자신을 축복하지 않으면 보내지 않겠다고 버텼다. 천사는 결국 그를 축복한 뒤에야 떠날 수 있었다.

깊이 들어와서 더 이상 내게서 떼어낼 수 없었다. 그림이 그냥 내가 된 것 같았다.

그 순간 이른 봄의 폭풍처럼 무겁고 음산한 바람 소리가 들려 두려움과 현실감이 뒤섞인 낯선 감정에 휩싸인 채 덜덜 떨었다. 별들이 내 앞에서 반짝 빛을 내곤 사그라졌다. 그리고 최초의 기억, 이미 잊어버린 어린 시절의 기억, 내가 태어나기 전 태아가 되려는 순간의 기억들이 홍수처럼 밀려들었다. 그 기억들은 내 인생을 아주 비밀스런 부분까지 보여주는 데 멈추지 않고 어제와 오늘을 지나 미래까지 비춰주었으며, 오늘의 나를 번쩍 집어 들어 새로운 삶의 형태로, 아주 밝고 눈부신 삶의 영상 속으로 데려갔다. 나중에 다시 그 영상을 떠올리려 했지만 기억할 수 없었다.

한밤중에 깊은 잠에서 깨어나보니 옷을 입은 채 침대에 누워 있었다. 불을 켰다. 무엇인가 중요한 것을 기억해내야 한다는 느낌이 들었다. 몇 시간 전까지 내가 무엇을 했는지 기억나지 않았다. 기억의 불을 켰다. 점차 생각이 나는 것 같았다. 그림을 찾아보았지만 벽에도 걸리지 않았고 책상에도 없었다. 어렴풋이 내가 그림을 태운 기억이 나는 듯했다. 내 손으로 그림을 태우고 재를 먹어치운 건 꿈이었을까?

갑자기 마음이 몹시 떨리고 불안해졌다. 모자를 눌러쓰고 집과 골목을 지나 무언가에 쫓기는 것처럼 폭풍을 피하듯 거리와 광장을 달렸다. 내 친구 피스토리우스의 어두운 교회 앞에 이르러 귀를 기울였다. 알 수 없는 충동에 이끌려 무엇인지도 모르는 것을 찾고 또 찾았다. 이번에는 홍등가가 있는 도시 변두리로 갔다.

아직 여기저기 불을 켠 곳이 있었다. 저 멀리 건설현장과 곳곳에 잿빛 눈이 쌓인 벽돌 더미가 눈에 들어왔다. 몽유병자처럼 알 수 없는 압박감에 떠밀려 황량한 장소에 발을 들이자 고향의 공사장이 떠올랐다. 나를 괴롭힌 크로머에게 처음으로 빚을 갚은 그 공사장 말이다. 그때와 비슷하게 신축 중인 건물 골조가 어둠 속에 나타났고, 아직 문을 달지 못한 구멍이 내게 시커먼 입을 벌리고 있었다. 문이 나를 잡아끌었다. 들어가고 싶지도 않았고 모래와 자갈에 두 발이 빠졌지만 나를 끄는 힘이 더 강했다. 안으로 들어가야만 했다.

판자와 파벽돌 더미를 넘어 비틀거리며 황량한 공

간에 들어가니 축축한 냉기와 희미한 돌 냄새가 느껴졌다. 모래 더미와 밝은 회색 바닥 외에는 모든 것이 어두웠다.

그때 겁먹은 목소리가 나를 불렀다. "맙소사, 싱클레어, 어떻게 온 거야?"

어둠 속에서 누군가 유령처럼 내 곁으로 다가왔다. 키가 작고 마른 소년이었다. 나는 놀라서 머리털이 전부 곤두섰지만 곧 그 형상이 같은 반 크나우어임을 알아차렸다.

"여길 어떻게 찾아왔어?" 그가 놀라서 당황한 말투로 물었다. "날 어떻게 찾은 거야?"

아무런 생각도 나지 않았다. "너를 찾은 게 아니야." 나는 멍하게 대답했다. 단어 하나조차 말하기가 몹시 힘들었다. 무겁게 마비된 꽁꽁 언 입술을 간신히 열어 소리를 냈다.

크나우어가 나를 쳐다보았다. "나를 찾은 게 아니라고?"

"아니야, 무엇인가가 나를 여기로 데려왔어. 네가 나를 불렀니? 네가 날 부른 게 분명해. 대체 여기서 뭘 하고 있었던 거야? 이런 깜깜한 밤에 말이야."

크나우어는 깡마른 팔로 나를 힘차게 끌어안았다. "맞아, 밤이야. 금방 아침이 올 거야. 아아, 싱클레어, 나를 잊지 않았구나! 날 용서해줄 수 있겠니?"

"무엇을 말이야?"

"내가 그때 못되게 굴었잖아!"

그제야 우리가 대화한 내용이 기억났다. 4일, 아니 5일 전인가? 내겐 마치 한평생이 다 지나간 것 같았다. 하지만 금세 모든 상황을 이해할 수 있었다. 우리 사이에 있었던 일은 물론 내가 왜 이곳까지 이끌려 왔는지, 이 먼 곳에서 크나우어가 무슨 짓을 하려고 했는지 깨달았다.

"크나우어, 너 여기서 자살할 생각이었구나?"

크나우어는 추위와 두려움으로 몸을 덜덜 떨었다. "맞아, 그러려고 했어. 과연 내가 할 수 있었는지는 모르겠어. 그저 아침이 올 때까지 기다리고 싶었어."

나는 그를 끌고 밖으로 나왔다. 잿빛 공기 속으로 새벽의 첫 여명이 말할 수 없이 차갑고 냉랭한 빛을 뻗쳤다.

나는 소년의 팔짱을 끼고 꽤 멀리까지 걸어나왔다. 나도 모르게 이런 말이 튀어나왔다. "이제 집으로 돌아가. 아무에게도 말하지 말고! 너는 단지 잘못된 길로 갔을 뿐이야. 나쁜 길로! 우리는 네가 말한 것처럼 돼지가 아니야. 우리는 인간이야. 바로 우리가 신들을 만들고 그들과 싸우지. 그들은 우리를 축복하고."

우리는 말없이 계속 걷다가 헤어졌다. 기숙사로 돌아오니 이미 날이 밝아 있었다.

· · · · ·

그곳 학교에 다니는 동안 내게 최고의 순간은 오르간과 난롯불 옆에서 피스토리우스와 보낸 시간이었다. 우리는 함께 아브락사스에 관한 그리스어 원서를 읽었다. 피스토리우스는 베다[2] 원문을 번역한 글을 읽어주고 신성한 음절인 '옴[3]'을 발음하는 방법도 알려주었다. 그러나 나의 내면을 성장시킨 것은 그가 전해준

2. 고대 인도의 종교, 철학, 우주관, 사회관을 종합한 문헌.
3. 고대 인도에서 종교 의식 전후에 암송하던 신성한 음. 힌두교와 불교는 지금도 매우 신성시하는 음절이다.

지식이 아니었다. 오히려 반대였다. 스스로 걸음을 떼고, 내 꿈과 생각, 예감을 더 신뢰하고, 내 안에 숨은 힘을 깨달은 것이 가장 유익했다.

피스토리우스와 나는 모든 면에서 서로를 깊이 이해했다. 강하게 그를 생각하면 그가 나타나거나 인사를 보내왔다. 그가 곁에 없어도 데미안에게 그랬듯 모든 걸 물어볼 수 있었다. 그저 마음을 모아 그를 떠올리고 나의 질문을 강한 의지로 보내면 되는 일이었다.

질문으로 보낸 정신 에너지는 대답으로 변하여 돌아왔다. 다만 내가 떠올린 얼굴은 피스토리우스나 막스 데미안이 아니라 꿈에 본 대로 그린 모습이었다. 내가 불러야 하는 대상은 나의 데몬이자 남성이며 여성인 꿈의 형상이었다. 형상은 더 이상 내 꿈이나 종이에 그린 그림으로 존재하지 않았다. 이제는 내가 추구하는 목표로, 나 자신의 성장한 모습으로 변하여 내 안에 살고 있었다.

자살에 실패한 크나우어와 나의 관계는 독특했지만 때로는 어처구니가 없었다. 내가 그에게 이끌려 간 밤 이후로 그는 충성스런 하인이나 개가 된 것처럼 내게 매달렸고, 그의 인생을 내 인생과 연결하려고 노력하며 맹목적으로 나를 따랐다. 영혼을 만나고 싶다는 둥, 카발라[4]를 알려달라는 둥 별스러운 질문과 소망을 들고 나를 찾아왔으며, 그런 것들에 관해 아무것도 모른다고 말했지만 믿지 않았다. 그는 내가 모든 능력을 다 가졌다고 믿었다.

그런데 그가 가져온 기이하게도 별스럽고 멍청한 질문들이 내가 풀지 못한 문제의 힌트가 되거나, 그의 변덕스러운 생각이나 관심사가 실마리가 되어 내 갈등을 해결해주었다. 가끔 귀찮아서 쫓아버리기도 했지만, 그가 내게 보내진 사람이며 내가 그에게 준 것이 두 배가 되어 돌아오는 것을 느꼈다. 그 역시 나의 인도자이자 나의 길이었다. 그가 자신의 구원을 찾아보겠다고 가져온 멍청한 책과 문서들도 내가 혼자 깨달을 수 있는 것보다 많은 것을 알려주었다.

언젠가부터 크나우어는 나의 길에서 훌쩍 자취를 감추었다. 그와는 씨름할 필요가 없었다. 하지만 피스토리우스는 달랐다. 김나지움 생활이 끝나갈 무렵

4. 중세 유대교의 신비주의자들이 구전으로만 전수했다고 알려진 비밀.

피스토리우스와 나는 신기한 일을 경험했다.

평범한 사람도 인생에서 한 번 혹은 여러 번 충성심이나 감사 같은 아름다운 미덕과 갈등을 겪지 않을 수 없다. 누구나 아버지에게서, 선생님에게서 멀어지는 발걸음을 떼어야 하고, 홀로서기의 가혹함을 실감하는 순간을 만난다. 많은 사람이 이를 견디지 못해 다시 기어들어가기도 하지만 말이다.

내가 부모님과 부모님의 세계, 그 아름다운 어린 시절의 '밝은' 세계에서 멀어지는 데는 힘겨운 싸움이 필요하지 않았다. 그저 천천히, 거의 느낄 수도 없이 부모님과 그 세계에서 멀어지고 서먹해졌다. 물론 그 사실이 마음 아프고 고향으로 돌아가면 씁쓸한 심정이 되었지만 죽을 듯이 고통스럽지는 않았다. 견딜 만했던 것이다.

하지만 익숙해서가 아니라 자신의 의지로 사랑과 존경을 주었다면, 진심으로 서로의 제자가 되고 친구가 되었다면, 갑자기 우리 안에서 우리를 이끄는 힘이 사랑하는 친구를 떠나려 한다는 사실을 깨닫는 그 순간만큼 괴롭고 쓰라린 일은 없을 것이다.

이런 경우 친구와 선생님을 미워하는 모든 생각은 독침을 들어 우리의 심장을 겨누고, 방어를 위한 공격은 우리 자신의 얼굴을 향한다. 스스로 괜찮은 도덕 기준을 지녔다고 생각하는 사람에게는 '배신'이나 '변절' 같은 낱말이 수치스러운 호칭이나 낙인처럼 나타날 것이다. 반면 깜짝 놀란 심장을 안고 벌벌 떨면서 미덕과 사랑이 있던 어린 시절의 계곡으로 도망쳐버리면 이별의 상황이 도래했음을, 우리의 연결고리가 끊어졌음을 깨닫지 못한다.

내 안의 감정은 시간이 흐르면서 나의 친구 피스토리우스를 더 이상 절대적인 지도자로 인정하지 않았다. 나는 학창 시절의 가장 중요한 몇 달을 그와 우정을 나누고 조언을 얻으며 위로를 받는 등 그와 가까이 지내면서 보냈다. 신은 피스토리우스를 통해 내게 말했고, 내 꿈들은 그의 입을 통해 다시 돌아왔으며 명확해지고 이해되었다. 그는 또한 나 자신을 직시하는 용기도 선물했다. 그러나 어쩌겠는가. 나는 그에게 서서히 반감을 느꼈다. 그의 훈계를 너무 많이 들었고, 그가 나의 몇몇 부분 말고는 아무것도 모른다고 생각했다.

우리는 싸우지 않았다. 말다툼이나 불화가 있었던 것도 아니다. 심지어 섭섭함조차 없었다. 내가 그에게 단 한 번, 따지고 보면 전혀 무해한 말을 했고, 그 순간 우리 사이의 환상이 여러 색깔의 파편으로 산산이 조각났다.

나를 짓누르는 예감 같은 것은 이미 전부터 존재했지만, 확실한 느낌은 어느 일요일 그의 낡은 서재에 있을 때 찾아왔다. 우리는 바닥에 누워 난롯불을 바라보았다. 피스토리우스는 자신이 연구하고 고민해온 비밀 의식과 종교 형태에 대해, 자신이 가능하다고 생각하는 미래가 어떤 것인지에 관해 이야기했다.

하지만 내게는 그가 이야기하는 모든 것이 인생만큼 중요하다기보다는 그저 신기하고 흥미로운 관심사로 보였다. 지식을 과시하며 이전 세계의 잔해를 뒤적이는 피곤한 작업일 뿐이었다. 나는 한순간 그 모든 종류의 종교, 신화에 나오는 제사, 전승된 신앙 형태를 억지로 짜맞추는 행위가 역겨웠다.

"피스토리우스." 내가 나 자신도 기겁할 정도의 악의를 담아 불쑥 말했다. "나한테 다시 꿈 이야기를 들려주세요. 밤에 꾸는 진짜 꿈 말입니다. 지금 이야기하는 것들은 뭔가, 뭔가 너무 지독하게 고리타분해요!"

그는 한 번도 내가 이런 식으로 말하는 걸 들어본 적이 없었다. 그 순간 부끄러움과 놀라움이 담긴 그의 눈빛에서 내가 쏜 화살이 정확히 그의 심장에 꽂혔음을 알았다. 원래는 그의 무기 창고에 있던 화살이었다. 피스토리우스가 종종 스스로 조롱하면서 꺼내는 자기 비하를 교활하게도 내가 날카롭게 날을 갈아서 그에게 던진 거였다.

피스토리우스는 즉시 상황을 파악하고는 입을 다물었다. 나는 겁이 나서 그를 쳐다보았다. 그의 얼굴이 굉장히 창백했다.

무거운 침묵이 한참 동안 이어진 끝에 그가 난로에 새 나뭇가지를 넣으며 조용히 말했다. "당신의 말이 옳아요, 싱클레어. 당신은 똑똑한 사람이지요. 더 이상 낡아빠진 이야기로 당신을 지루하게 만들지 않겠습니다."

그는 아주 조곤조곤 말했으나 나는 말 속에서 쓰라린 상처를 느낄 수 있었다. 대체 나는 무슨 짓을 저지른 것인가!

눈물이 쏟아질 것 같았다. 나는 마음속 깊이 그의 편이고 싶었고 용서를 구하고 싶었다. 그를 향한 애정과 감사를 표현하고 싶었다. 감동적인 표현이 떠올랐지만 한마디도 꺼낼 수가 없었다. 그저 엎드린 채 입을 다물고 불을 바라봐야만 했다. 피스토리우스 또한 아무 말도 하지 않았다.

그렇게 우리는 엎드려 있었다. 난로의 불은 거의 다 타서 사그라졌고, 사라지는 불꽃마다 아름답고 친밀한 것들이 함께 타서 날아가는 것 같았다. 다시는 되돌아오지 않을 것들이었다.

"제 말을 잘못 이해하신 것 같은데요." 나는 몹시 긴장하여 메마르고 쉰 목소리로 말했다. 마치 신문 소설을 읽듯이 멍청하고 의미 없는 단어들이 기계적으로 입술을 빠져나갔다.

"당신의 말을 정확히 이해합니다." 피스토리우스가 담담히 말했다. "당신이 옳아요." 그는 잠시 말을 멈췄다가 서서히 말을 이었다. "한 사람이 다른 사람보다 옳을 수 있는 한 말입니다."

아니에요, 아니에요. 나는 속으로 외쳤다. 내가 나빴어요! 하지만 아무 말도 할 수가 없었다. 내가 아무렇게나 던진 한마디가 그의 깊숙한 약점을, 그의 고민과 상처를 제대로 건드린 것이다. 나는 그 자신도 확신하지 못하는 부분을 정확히 건드렸다. 그의 이상은 '고리타분'했고 그는 옛것에 집착하는 낭만주의자였다. 문득 피스토리우스가 내게 어떤 존재였으며 어떤 것들을 알려주었는지 깨달았다. 그 자신은 그런 존재가 아니었고 그런 것을 알려줄 존재도 아니었다. 그는 인도자로서 그 자신도 극복하고 넘어서야 하는 길로 나를 인도한 것이었다.

아아, 나란 놈은 어떻게 그런 말을 했단 말인가! 그렇게 심한 말을 할 생각도 없었고, 이런 끔찍한 결과로 돌아올 줄은 꿈에도 몰랐다. 일단 말을 시작하자 나 자신도 잘 알지 못하는 걸 함부로 떠들었다. 게다가 별로 중요하지 않은, 조금은 재치 있고 조금은 악의가 담긴 생각이 떠오르자 그대로 내뱉었을 뿐인데 그대로 운명이 되어버렸다. 나의 신중하지 못한 언행이 그에게 내리는 심판이 되고 말았다.

나는 진심으로 그가 내게 화를 내고, 자신을 변호하고, 내게 소리 지르길 바랐다. 하지만 그는 아무런 반응도 보이지 않았다. 그가 보여야 했던 모든 행동을 이제 내가 마음속으로 내게 행해야 했다. 그는 할 수만 있었다면 미소까지 지었을 것이다. 그가 미소 짓지 못하는 것을 보니 내가 그에게 얼마나 나쁜 짓을 저질렀는지 알 수 있었다.

피스토리우스는 건방지고 감사할 줄 모르는 제자인 내가 준 충격을 말없이 받아들이고, 잠잠히 내게 정당성을 부여하고, 내 말을 운명으로 인정함으로써 내가 나를 증오하게 만들었으며, 나의 경솔한 언행을 수천 배나 더 끔찍한 실수로 여기게 만들었다. 나는 그런 말을 던지면서 강하게 무장한 사람을 맞혔다고 믿었지만 그는 가만히 인내하는, 방어할 무기 하나 없이 조용히 항복하는 사람이었다.

우리는 한참 동안 꺼져가는 불 앞에 엎드려 있었다. 불에 달구어진 형체와 불탄 나뭇가지가 오그라드는 모습 하나하나가 행복하고 아름답고 충만했던 시간을 떠올리며 피스토리우스에 대한 죄책감을 더욱더 크게 만들었다. 결국 나는 견디지 못하고 나와버렸다. 한참 동안 그의 방문 앞에서, 또 한참 동안 어두운 층계참에서, 다시 한참 동안 그의 집 앞에서 그를 기다렸다. 그가 나를 따라오길 기대했다. 그러다가 계속 걸어서 도시와 마을 변두리로, 공원과 숲으로 밤이 될 때까지 돌아다녔다. 그때 처음으로 내 이마에 카인의 표식이 있음을 느꼈다.

한참이 지나서야 깊이 생각하기 시작했다. 나를 비난하고 피스토리우스를 변호할 의도였지만 모든 생각이 정반대의 결론으로 끝났다. 수천 번이나 내 경솔한 말을 후회하며 주워 담고 싶었지만 내가 한 말은 사실이었다. 이제야 피스토리우스가 이해되었고 그의 꿈을 그려볼 수 있었다. 그의 꿈은 성직자가 되어 새로운 종교를 발표하고, 새로운 방식의 정신 수양과 더불어 사랑하며 기도하는 방법을 가르치고, 새로운 상징을 만드는 것이었다.

하지만 그의 능력으론 할 수 없는 일이며 그의 사명이 아니었다. 그는 너무 오랫동안 과거의 것들에 매달렸고, 옛 종교에 관해 너무 잘 알았으며, 이집트와 인도, 미트라스 신[5]과 아브락사스에 관해 너무 많은 것을 알았다. 그는 세상에 이미 모습을 보인 종교들을 사랑하는 동시에 새로운 종교라면 새롭고 달라야 한다고, 새로운 대지에서 솟아나야지 박물관이나 도서관에서 만들어질 수 없다고 생각했다. 그의 사명은 그가 나를 도운 것처럼 인간이 자기 자신이 될 수 있도록 돕는 일인지도 모른다. 인간에게 한 번도 듣지 못한 것, 새로운 신을 소개하는 일은 그의 사명이 아니었을 것이다.

그때 갑자기 강렬한 불꽃에 살을 덴 것처럼 누구에게나 '사명'은 존재하지만, 제멋대로 바꾸고 내킬 때만 할 수 있는 사명이란 없다는 깨달음이 나를 찾아왔다. 새로운 신을 바라는 소망은 옳지 않으며 세상에 무엇인가를 가르치겠다는 생각도 전부 틀렸다! 깨어난 인간에겐 자신을 발견하고, 자기 자신이 되며, 어느 곳으로 향하든 자신의 길을 계속 더듬어 걸어가는 단 한 가지 의무 외에는 아무런 의무도 주어지지 않았다. 나는 이 생각에 깊이 감동받았고 이것이 바로

5. 로마제국에서 널리 숭배하던 태양신.

이번 경험을 통해 얻은 결실이었다.

가끔씩 미래를 상상하며 내가 할 수도 있는 역할, 가령 시인이나 예언자 혹은 화가 등이 된 모습을 꿈꾸었다. 그러나 무의미한 일이었다. 나는 시를 짓거나 예언을 하거나 그림을 그리기 위해 존재하지 않았고, 내가 아닌 그 어떤 이도 이런 일을 하기 위해 존재하지 않았다. 역할은 단지 뒤따라오는 것에 불과했다.

한 개인의 진정한 사명은 오직 자기 자신이 되는 것뿐이다. 사람은 시인이나 정신병자, 예언자나 범죄자가 될 수도 있다. 그 사람의 책임이 아니다. 마지막 순간에 그런 것은 크게 중요하지 않다. 우리의 책임은 다른 누구의 것도 아닌 우리 자신의 운명을 찾아내고, 그 운명을 실현하기 위해 있는 힘껏 멈추지 않고 사는 것이다. 그 밖의 모든 행위는 반쪽짜리 해답일 뿐이다. 운명을 모면해보려는 노력이자 다수가 원하는 방향으로 도피하고 주저앉으려는 시도이며 자기 내면을 두려워하는 데서 나온 행동이다.

이제 새로운 장면이 두렵고도 엄숙하게 내 앞에 나타났다. 벌써 수백 번 예감한 일이었다. 어쩌면 이미

말로 표현했는지도 모르겠다. 하지만 이제야 비로소 실감했다. 나는 자연이 만든 작품이었다. 자연은 나를 불확실한 세계에, 어쩌면 낯선 세계에, 어쩌면 허무한 세계에 낳았다. 이 작품을 심연 밖으로 떠오르게 하며 내 속에서 자연의 의지를 느끼고 온전히 내 것으로 만드는 것, 그것만이 내가 해야 하는 일이었다. 오직 그것만이!

고독은 이미 충분히 맛보았지만 이제 더 깊은 고독이 내 앞에 있으며 그것을 피할 수 없다는 사실도 깨달았다.

나는 피스토리우스와 화해하려고 하지 않았다. 우리는 여전히 친구였으나 예전과 다른 관계가 되었다. 우리는 딱 한 번 그런 이야기를 했다. 아니, 사실 말을 한 사람은 피스토리우스뿐이었다.

"알다시피 내겐 성직자가 되고 싶은 꿈이 있습니다. 가능하다면 새로운 종교, 우리가 그토록 자주 예상한 그 종교의 성직자가 되고 싶었어요. 나는 결코 내 꿈을 이루지 못할 겁니다. 난 알아요. 한 번도 인정하지 않았지만 오래전부터 알고 있었어요. 나는 아마 다른 종류의 성직에 봉사할 겁니다. 오르간 연주나 다른 것으로요. 그러면서도 언제나 내가 아름답고 성스럽다고 느끼는 것, 오르간 음악이나 비밀, 상징, 신화를 곁에 두겠지요. 그것들은 내게 반드시 필요합니다. 절대 버리지 않을 겁니다. 그게 내 약점이에요. 나도 가끔은 말이죠, 싱클레어, 내게 그런 꿈은 불가능하며 사치이고 약점이라는 사실을 알기 때문이에요. 만약 내가 어떤 저항도 하지 않고 온전히 운명에 나를 내맡긴다면 위대하고 옳은 일이 될 겁니다. 하지만 나는 그렇게 하지 못해요. 그것만큼은 할 수 없습니다. 당신이라면 언젠가 할 수 있을 겁니다. 그렇지만 어려워요. 세상에 존재하는 유일하고 진정한 어려움이니까요. 운명에 나를 맡기려는 꿈을 꾼 적도 있지만 나는 할 수 없었습니다. 두려웠어요. 그렇게 완전히 벌거벗고 홀로 일어설 수가 없었어요. 결국은 나도 온기와 먹이를 좋아하며 종종 친구들과 어울리고 싶은, 불쌍하고 나약한 개입니다. 운명 외에 아무것도 원하지 않는 사람에겐 친구가 없어요. 그는 차가운 세계에 홀로 서 있습니다. 어쩌면 겟세마네 동산의 예수가 그랬을 겁니다. 기꺼이 십자가에 못 박히는 순교자도 있었습니다만, 그들도 영웅은 아닙니다. 자유롭지 않았으니까요. 그들은 자신의 마음에 드는 익숙한 행동을 하고 싶어 했어요. 따르고 싶은 인물과 이상향이 있었기 때문입니다. 하지만 운명만을 바라는 사람은 모범이나 이상을 품지 않으며 애정이나 위안도 구하지 않는 법이죠! 그러나 우리는 이런 길을 걸어야 합니다. 물론 나와 당신 같은 사람은 꽤 외롭습니다. 하지만 우리에겐 서로가 있지요. 우리는 남들과 다르며, 대세를 거스르며, 비범한 목표를 추구한다는 점에 은근히 만족합니다. 하지만 자신의 길을 온전히 가고자 한다면 이런 것도 버려야 합니다. 우리는 혁명가도, 모범적인 인물도, 순교자도 되려고 해서는 안 됩니다. 그 길이 어떨지는 단언할 수 없습니다."

그렇다, 어떻다고 단언할 수 없었다. 하지만 꿈꾸고, 예상해보고, 어떤 느낌인지 헤아려볼 수는 있었다. 언젠가 완벽한 혼자만의 시간을 갖게 되었을 때 몇 차례 그런 시도를 해본 적이 있었다. 나 자신을 들여다보고 내 운명의 얼굴을, 내 운명의 멍하게 뜬 두 눈을 똑바로 바라보았다. 그 눈에는 지혜가 가득할 수도, 광기가 가득할 수도, 사랑의 빛이 가득하거나 깊은 악의가 숨었을 수도 있지만 아무래도 상관없었다.

내가 선택하거나 원할 수 있는 것은 아무것도 없었다. 인간은 그저 자신을 원하거나 자신의 운명을 원할 수 있었다. 나의 인도자 피스토리우스는 이 지점까지 나를 안내해준 것이다.

그즈음 나는 무작정 헤매고 다녔다. 내 안에선 거센 폭풍이 몰아치고 내가 내딛는 걸음은 모두 위험했다. 내 눈에는 이제껏 걸어온 길은 온데간데없이 사라지고 끝없는 어둠만 보였다. 그때 마음속으로 데미안과 닮은, 두 눈에 내 운명을 담고 있는 인도자의 모습이 떠올랐다.

나는 종이에 썼다. "인도자가 나를 떠났다. 나는 칠흑 같은 어둠 속에 서 있다. 혼자서는 한 걸음도 내디딜 수 없다. 도와줘!"

그것을 데미안에게 보내고 싶었다. 하지만 그러지 않았다. 보내려고 할 때마다 편지를 보내는 것이 어리석고 소용없는 일처럼 느껴졌기 때문이다. 대신 그 짧은 기도문을 외우고 종종 마음속으로 되뇌었다. 그 기도는 언제나 나와 동행했다. 그제야 기도가 무엇인지 깨달았다.

· · · · ·

나는 김나지움을 졸업했다. 졸업 후에는 여행을 하기로 되어 있었다. 아버지가 세운 계획이었다. 여행에서 돌아오면 대학에 가야 했다. 어떤 학과를 선택할지는 나도 알 수 없었다. 한 학기만 철학 강의를 듣기로 했다. 하지만 다른 어떤 학과라도 만족했을 것이다.

제7장

에바 부인

*

졸업 후 막스 데미안과 그의 어머니가 몇 년 전까지 살던 집을 찾아가보았다. 노부인이 정원을 거닐고 있었다. 노부인에게 인사하자 그녀는 자기가 집주인이라고 했다. 나는 데미안 가족에 대해 물었다. 노부인은 그 가족을 아주 잘 기억했지만 지금은 어디에 사는지 알지 못했다. 그녀는 내 관심을 눈치 채고 집 안으로 불러 가족 앨범을 꺼내더니 데미안의 어머니 사진을 보여주었다.

나는 데미안의 어머니에 관한 기억이 거의 없었지만 그 사진을 보자마자 심장이 멎을 뻔했다. 내 꿈의 얼굴이었다! 바로 그녀였다. 거대하고 남성적인 여성의 형상. 데미안과 닮은 모성이 느껴지는 얼굴, 강인함이 느껴지는 얼굴, 강렬한 열정이 보이는 얼굴. 그녀는 아름답지만 유혹적이었고 아름답지만 다가가기 어려웠다. 데몬이자 어머니였고 운명이며 연인이었다. 꿈속의 여성은 그녀였다!

내 꿈의 얼굴이 지구상에 실제로 존재한다는 사실을 안 순간 엄청난 기적이 온몸을 관통하는 것 같았다. 내 운명의 얼굴을 지닌 여인이 실제로 존재했다! 그녀는 어디에 있었을까? 대체 어디에? 심지어 그녀는 데미안의 어머니였다!

그 일이 있은 뒤 나는 바로 여행을 떠났다. 얼마나 이상한 여행인가! 나는 끊임없이 장소와 장소를 오가며 생각나는 곳이면 어디든 달려가 내 꿈의 여인을 찾아다녔다. 어느 날은 하루 종일 내 꿈의 여인을 떠올리는, 그녀와 비슷한, 그녀를 닮은 여성들을 만났다. 그런 모습에 이끌려 복잡하게 얽힌 꿈속을 헤매듯 낯선 도시의 골목과 기차역, 열차로 내달렸다.

또 어느 날은 이렇게 찾아다니는 일이 얼마나 소용

없는 일인지 느끼기도 했다. 그러면 공원이나 호텔 정원, 대합실에 아무렇게나 멍하니 앉아서 내 안으로 들어가 여인의 모습을 생생하게 떠올리려 애썼다. 그 얼굴은 이제 수줍어하며 내게서 달아났다. 나는 잠을 잘 수 없었다. 차창 밖으로 알 수 없는 풍경이 보이는 기차 안에서 10여 분 조는 것이 전부였다.

한번은 취리히에서 얼굴이 예쁘면서 조금은 대범한 여성이 나를 따라왔다. 나는 그 여성이 공기라도 되는 듯 쳐다보지도 않고 그냥 걸었다. 다른 여성에게 단 한 시간이라도 내 관심을 주느니 차라리 당장 죽어버리는 게 나았다.

내 운명이 나를 끌어당기는 것을 느꼈고, 실현될 날이 가깝다는 것도 느꼈다. 마음은 조급한데 할 수 있는 게 아무것도 없으니 미칠 지경이었다. 어느 날은 아마도 인스부르크였던 것 같은데, 막 떠나는 기차의 창에서 나의 여인을 연상시키는 형상을 보고 하루 종일 불행했다. 그날 밤 꿈에 갑자기 그 형상이 모습을 드러냈다. 나는 무의미하게 여인을 찾아다닌 일이 창피했고 쓸쓸한 심정으로 잠에서 깼다. 그 길로 곧장

집에 돌아왔다.

몇 주 뒤 H대학에 입학했다. 모든 것이 실망스러웠다. 철학사 강의는 수업을 듣는 학생들의 태도와 똑같이 알맹이도 특색도 없었다. 모든 것이 판에 박아낸 듯했다. 모두가 똑같이 행동했다. 소년 같은 얼굴들에 나타난 흥분된 즐거움마저 너무나 슬프게도 공허해서 마치 기성품 같았다!

하지만 나는 자유로웠다. 하루를 마음대로 쓸 수 있었고, 도시 변두리의 낡은 방에서 조용히 편하게 살았다. 책상에는 니체의 책도 몇 권 놓아두었다. 나는 니체와 함께 살며 그의 영혼이 느낀 고독을 함께 느꼈고, 그를 끊임없이 몰아붙인 운명을 상상하며 그와 함께 괴로워했다. 그처럼 가혹하게 자신의 길을 걸어간 사람이 있었다는 사실이 기뻤다.

하루는 밤늦게 가을바람을 맞으며 시내를 걷고 있었다. 술집에서 대학생들이 떼를 지어 부르는 노랫소리가 들렸다. 열린 창문으로 담배 연기가 뭉게뭉게 뿜어져나왔고, 폭포처럼 쏟아지는 노랫소리는 시끄럽고 우렁찬데도 흥겹기는커녕 생기도 없이 밋밋했다.

나는 길모퉁이에 서서 귀를 기울였다. 술집 두 곳에서 의례처럼 거행되는, 젊은이들이 술판을 벌이는 소리가 밤공기를 타고 들려왔다. 어딜 가나 사람이 모였다. 어딜 가나 꼭꼭 뭉쳤다. 모두가 운명을 버려두고 무리의 온기 속으로 도망치고 있었다!

내 뒤로 두 남자가 천천히 걸었는데, 그들의 대화가 내 귀에 들려왔다.

"마치 원주민 마을의 총각들을 보는 것 같지 않습니까?" 두 남자 중 한 명이 말했다. "모든 게 들어맞아요. 심지어 문신까지 유행이라니요. 보세요, 이것이 젊은 유럽의 모습입니다."

그 목소리는 묘하게 내 안에 경종을 울렸고 친숙했다. 나는 어두운 골목길로 그들을 따라갔다. 한 명은 몸집이 작고 옷을 잘 차려입은 일본인이었다. 나는 미소를 띤 그의 노란 얼굴이 불빛을 받아 빛나는 것을 보았다.

다른 한 명이 말을 이었다. "그거야 당신네 일본도 상황이 비슷할 겁니다. 무리 지어서 다니지 않는 사람은 어디서나 찾아보기 힘듭니다. 물론 이곳에도 몇몇은 있습니다만."

그의 말 한마디 한마디가 즐겁고 놀라웠다. 말하는 사람이 누군지 알 수 있었다. 바로 데미안이었다.

나는 밤바람을 맞으며 어두운 골목길을 따라 그와 일본인 뒤에서 걸으며 그들의 대화에 귀를 기울였고 데미안의 목소리가 내는 울림을 즐겼다. 말투도 여전하고 예의 그 묵직한 안정감과 침착함도 그대로였다. 그의 목소리에는 나를 휘어잡는 힘이 있었다. 이제는 모든 게 잘될 터였다. 데미안을 찾았기 때문이다.

도시 변두리의 골목 끝에 이르러 일본인이 작별 인사를 하고 어느 집으로 들어갔다. 데미안은 길을 되돌아왔고, 나는 걸음을 멈추고 길 한가운데 서서 기다렸다. 두근거리는 마음으로 그가 꼿꼿하고도 경쾌하게 걸어오는 것을 지켜보았다. 갈색 방수 재킷 차림에 얇은 지팡이를 팔에 걸고 있었다. 그는 발걸음을 조금도 늦추지 않고 내 앞까지 걸어와서는 모자를 벗어 낯익은 하얀 얼굴을 들이밀었다. 단호해 보이는 입과 넓은 이마에서 느껴지는 특유의 광채도 그대로였다.

"데미안!" 내가 소리 질렀다.

그가 내게 손을 내밀었다. "여기 있었구나, 싱클레어! 너를 기다렸어."

"내가 여기 올 줄 알았어?"

"정확히 알진 못했지만, 그렇게 되길 바라고 있었지. 오늘 밤이 되어서야 너를 만나는구나. 물론 네가 계속 우리를 뒤쫓아왔지만 말이야."

"나를 바로 알아보았단 말이야?"

"당연하지. 외모가 변하긴 했지만 너에겐 표식이 있잖아."

"표식이라고? 어떤 표식을 말하는 거야?"

"아직 기억할지 모르겠지만, 오래전에 우리는 그걸 카인의 표식이라고 불렀어. 우리의 표식이지. 너는 늘 표식을 지니고 있었어. 그래서 나는 너랑 친구가 된 거야. 네 표식은 전보다 더 선명해졌구나."

"나는 전혀 몰랐어. 아니, 알고 있었는지도 몰라. 네 모습을 그림으로 그린 적이 있어, 데미안. 그런데 그림이 나하고도 비슷해서 무척 놀랐어. 표식 때문인 걸까?"

"그랬을 거야. 너를 다시 만나니 참 좋다! 우리 어

머니도 무척 기뻐하실 거야."

나는 적이 당황했다. "너희 어머니? 너희 어머니도 여기에 계셔? 날 전혀 모르실 텐데."

"아니, 너에 대해 알고 계셔. 네가 누군지 말씀드리지 않아도 알아보실 거야. 너, 오랫동안 나한테 연락하지 않았더구나."

"아, 편지를 쓰려고 했어. 하지만 잘되지 않았지. 얼마 전부터는 너를 곧 만날 수 있겠다는 느낌이 들었어. 난 매일 그날이 오길 기대했고."

그는 내게 팔짱을 끼고 함께 걸었다. 그의 평온함이 전해져 내 안으로 들어왔다. 우리는 곧 예전처럼 수다를 떨었다. 학창 시절과 교리 수업 그리고 방학 때의 그 불쾌한 만남까지 회상했다. 다만 우리 사이의 가장 오래된 사건이자 끈끈한 인연을 만들어준 프란츠 크로머 이야기만은 꺼내지 않았다.

어느새 우리는 이상하고 불길한 예감이 드는 이야기에 푹 빠져들었다. 조금 전에 데미안이 일본인과 나눈 대화를 이어가듯 대학생들의 생활에 관해 이야기했고 그 후에는 완전히 달라 보이는 주제로 접어

들었지만, 데미안의 말을 들으니 모든 주제가 서로 아주 긴밀하게 연관되어 있었다.

데미안은 유럽의 정신에 대해, 이 시대의 특징에 대해 이야기했다. 그는 어디서나 단결하고 단체를 만드는 일이 판을 치고 있지만 그 어디에도 자유와 사랑은 없다고 말했다. 모든 집단은 학생 동아리나 합창단부터 국가에 이르기까지 강제로 만들어진 것이고, 두려움과 공포, 압박 때문에 생겨난 공동체이며, 속이 부패하고 낡았기 때문에 곧 붕괴될 거라고 주장했다.

데미안이 좀 더 자세히 말했다. "공동체란 원래 아름답지만 지금처럼 어디서나 과도하게 생겨나는 것은 좋지 않아. 개인들이 서로를 알아가는 과정에서 새로운 공동체가 생겨난다면 그 공동체는 한동안 세계를 변화시킬 거야. 그러나 지금의 공동체는 단지 집단을 만들기 위한 것에 불과해. 사람들이 서로에게 두려움을 느끼고는 서로에게서 도망치고 있어. 귀족은 귀족끼리, 노동자는 노동자끼리, 지식인은 지식인끼리 말이야! 그들은 왜 두려워하는 걸까? 인간은 자기 자신과 일체가 되지 않으면 두려워하게 되어 있어. 그들이 두려워하는 이유는 그들 자신을 전혀 알지 못하기 때문이지. 자기 안의 알 수 없는 존재를 두려워하는 인간으로 가득한 공동체라니! 그들은 자기가 사는 방식이 더 이상 적합하지 않음을, 자신이 따르는 규범이 낡았음을, 자신의 종교나 도덕 역시 적합하지 않음을 알고 있어. 유럽은 100년 넘게 그저 학문을 쌓고 공장만 지어댔지! 그들은 한 사람을 죽이기 위해 몇 그램의 화약이 필요한지는 정확히 알면서 신에게 기도하는 방법은 몰라. 한 시간 동안 기분 좋게 시간을 보내는 방법조차 모르지. 대학가 술집을 한번 보라고! 아니면 부자들이 찾는 유흥가라도 말이야! 절망적이야! 싱클레어, 어느 곳에서도 편안함을 느낄 수 없어. 이렇듯 겁을 먹고 단체로 행동하는 사람들에겐 두려움이 가득하고 악의가 가득해. 그들은 아무도 믿지 못해. 이미 이상이 아닌 이상에 집착하면서 새로운 이상을 제안하는 이에게는 돌을 던져. 나는 머지않아 충돌이 일어날 거라고 생각해. 진짜로 일어날 거야. 곧 터질 거라고! 물론 그런 충돌 또한 세상을 '더 낫게' 만들진 못하겠지. 노동자가 공장주를 때려 죽일지,

러시아와 독일이 서로 총을 겨눌지는 중요하지 않아. 소유주만 바뀔 뿐이야. 하지만 모든 변화가 무의미하지는 않을 거야. 지금의 이상이 무가치하다는 사실을 증명해줄 것이고 석기 시대의 신들을 모두 처분해줄 거야. 계속 지금 같다면 세계는 멸망할 거야. 파멸할 거야. 정말 그렇게 되고 말 거야."

"그럼 우리는 어떻게 되는 거지?" 내가 물었다.

"우리? 오, 아마 우리도 함께 멸망하겠지. 사람들이 우리 같은 부류를 때려 죽일 수도 있어. 하지만 우리가 아예 끊어지는 것은 아니야. 우리가 남긴 것을 중심으로, 아니면 우리 중에서 살아남은 자들을 중심으로 미래의 의지가 모여들 거야. 현재의 유럽이 한동안 기술과 지식의 박람회 등으로 가려놓은 인류의 의지가 모습을 드러낼 거야. 그렇게 되면 인류의 의지가 현재의 공동체, 국가와 민족, 집단과 교회에서 생각하는 것과 같지 않으며, 오히려 자연이 인간에게 원하는 것은 개개인 안에, 너와 내 마음에 새겨져 있었다는 사실이 드러나겠지. 예수의 마음에도, 니체의 마음에도 새겨져 있었어. 이렇게 중요한 흐름을 위해서라도,

물론 매일 다르게 보일 수도 있겠지만, 빈 공간이 생겨날 거야. 현재의 공동체들은 무너지고 말이야."

우리는 아주 늦은 시간이 되어서야 강가의 정원 앞에 멈춰섰다.

"우리 집은 여기야." 데미안이 부드럽게 말했다. "조만간 한번 들러줘! 고대하며 기다리고 있을게."

나는 즐거운 마음으로 쌀쌀해진 밤공기를 마시며 멀리 떨어진 집으로 향했다. 시내 곳곳에서 집으로 돌아가는 대학생들이 소란을 피우고 비틀거렸다. 나는 가끔 나의 고독한 삶과 그들의 즐기는 삶이 무척 대조적이라 생각하며 때로는 아쉬움을 느꼈고 때로는 그들을 비웃었다. 하지만 오늘처럼 편안함과 알 수 없는 힘을 느끼며 그들의 세계가 나와 얼마나 상관이 없고 얼마나 멀어지고 기억에서 사라졌는지 깨달은 적은 없었다.

고향 마을의 관리들, 나이 많고 존경받는 어른들이 생각났다. 그들은 행복한 낙원을 추억하듯 술집을 드나들며 보낸 대학 시절의 기억에 집착했고, 시인이나 낭만주의자가 어린 시절을 찬양하듯 지나간 청춘의

'자유'를 찬양했다. 어디나 똑같았다! 어디서나 자신의 책임이 떠오르고 자기 자신의 길을 걸어야 하는 의무가 생각날까 봐 두려워 무조건 과거 어딘가에서 '자유'와 '행복'을 찾았다. 그렇게 몇 년 동안 술을 마시고 방탕하게 살다가 납작 엎드려서 국가 기관의 성실한 관리로 둔갑한 것이다.

그렇다, 썩어버렸다. 우리 주변이 다 심하게 썩어버렸다. 저 멍청해 보이는 대학생들이 다른 수백 명보다 더 어리석거나 심각하다고 말할 수가 없었다.

멀리 떨어진 내 방에 도착하여 침대에 눕자 그런 생각은 모두 사라져버렸다. 내 정신은 온통 오늘 생긴 중요한 약속에 붙들려 있었다. 내가 원하면 당장 내일이라도 데미안의 어머니를 만날 수 있었다. 학생들이 술집에 드나들든 얼굴에 문신을 새기든 세상이 썩었든 파멸이 닥치든 말든 나와 무슨 상관인가! 운명이 새로운 모습으로 내게 나타나길 바랄 뿐이었다.

다음 날 아침 늦은 시간까지 푹 자고 일어났다. 화려한 축제의 아침처럼 하루가 새롭게 시작되었다. 어린 시절의 성탄절 이후 이런 날을 느껴보지 못했다.

마음이 심하게 요동했지만 두렵지는 않았다. 내게 중요한 하루가 시작되었다는 느낌이 들었다. 나를 둘러싼 세계도 변했다. 세계가 나를 기다렸고 깊은 소속감이 느껴졌다. 장엄했다. 조용히 내리는 가을의 보슬비조차 아름답고 고요하여 기쁜 축제를 위해 음악을 연주하는 듯했다. 처음으로 바깥 세계가 나의 내면과 맑은 화음을 만들어냈다.

내 영혼에 특별한 날이 찾아왔고 살아 있어서 행복했다. 어떤 집도, 어떤 쇼윈도도, 골목을 지나가는 어떤 얼굴도 내 기분을 망치지 못했다. 모든 것이 원래의 당연한 모습을 하고 있었지만 더 이상 매일의 익숙하고 공허한 얼굴이 아니라 기대감에 차서 경건하게 운명을 맞이하는 자연스러운 모습이었다. 꼬마 때는 성탄절이나 부활절 아침이면 세상이 그렇게 보였다. 아직도 세상이 이렇듯 아름다울 수 있을 줄은 몰랐다.

나는 내 속에 꽁꽁 숨어사는 데 익숙했다. 외부 세계는 내게 아무런 의미도 없었다. 어린 시절과 이별하면 반짝이는 색깔들과 이별해야 하는 것은 물론이고 이런 사랑스러운 빛들을 포기해야만 내 영혼이 자유를 얻고 어른이 될 수 있다는 사실을 기꺼이 받아들이며 살아왔다.

이제는 그 모든 것이 그저 어둠 속에 감춰져 있었다는 걸 알았다. 황홀했다. 자유를 되찾은 사람이나 어린 시절의 행복을 포기한 사람이나 세상이 환하게 빛나는 것을 볼 수 있고, 어린아이의 눈으로 보고 느낀 것처럼 깊은 감격을 맛볼 수 있는 것이다.

적당한 시간이 되어 어젯밤에 막스 데미안과 작별 인사를 나눈 교외의 정원을 다시 찾았다. 비에 젖어 잿빛으로 보이는 아름드리나무들 뒤로 밝고 아늑한 느낌이 드는 작은 집이 눈에 들어왔다. 커다란 유리벽 뒤에는 키 큰 꽃나무들이 서 있고, 반짝반짝 빛나는 유리창을 통해 그림과 책으로 채워진 검은 벽이 보였다. 현관문을 열자 바로 온기가 느껴지는 작은 거실이 나타났다. 검은 피부에 하얀 앞치마를 두른 나이 많은 하녀가 말없이 나를 안내하고 겉옷을 받아 들었다.

하녀는 나를 거실에 남겨두고 나가버렸다. 주변을 둘러보니 마치 내 꿈속 한가운데로 들어온 것 같았다. 한쪽 문 위에, 검게 칠한 나무 벽 위에 걸린 까만 유리 액자에 익숙한 그림이 들어 있었다. 황금빛 매의 머리를 한 나의 새가 지구 껍데기로부터 날아오르려 하고 있었다. 나는 감격해서 그 자리에 서 있었다. 몹시 기쁜 동시에 가슴이 욱신거렸다. 지금 이 순간 내가 지금까지 행하고 경험한 일들이 응답으로 성취로 돌아오고 있었다.

수많은 장면이 번개처럼 내 영혼을 스치고 지나갔다. 고향의 아버지 집 대문 아치에 붙어 있는 낡은 문장, 그 문장을 그리는 소년 데미안, 크로머의 악한 손아귀에서 벌벌 떠는 어린 시절의 나, 스스로 짠 그물에 영혼이 걸린 채 기숙사 작은 방에 앉아 그리움 속의 새를 그리는 김나지움 시절의 나 그리고 모든 것이, 이 순간까지 경험한 모든 것이 내 안에서 다시 내게 대답하고 응답하고 잘했다고 말해주는 것이었다.

나는 촉촉해진 눈으로 그림을 바라보며 마음의 소리를 듣고 있었다. 그러다 시선을 떨어뜨렸다. 새 그림 아래 열린 문 앞에 검은 옷을 입은 키 큰 여성이 서 있었다. 그녀였다. 나는 아무 말도 할 수가 없었다. 아들과 똑같이 시간과 나이를 알 수 없으며 생동하는 의지로 가득한 얼굴이었다. 아름답고 고귀한 여인이 내게 친근한 미소를 지었다. 그녀의 시선은 내 소원의 성취였고, 그녀의 인사는 내가 드디어 집에 돌아온 것을 의미했다. 나는 아무 말도 하지 못하고 그녀에게 양손을 내밀었다.

여인이 강하고 따뜻한 손으로 내 두 손을 잡아주었다. "당신이 싱클레어군요. 한눈에 알아봤어요. 정말 잘 왔어요!"

여인의 목소리는 깊고 온기가 있었다. 나는 그 목소리를 달콤한 와인처럼 마셨다. 그리고 눈을 들어 여인의 고요한 얼굴을, 속을 알 수 없는 검은 눈동자를, 싱그럽고 성숙한 입술을, 자유롭고 당당하게 표식을 드러낸 이마를 쳐다보았다.

"제가 얼마나 기쁜지!" 나는 감격에 겨워 말하며 그녀의 두 손에 입을 맞추었다. "전 평생 길에서 방황한 기분입니다. 이제야 고향에 돌아온 것 같아요."

여인이 자애로운 미소를 지었다. "누구도 고향으로 돌아가진 못해요." 그녀가 친근하게 말을 이었다. "하지만 정든 두 길이 나란히 뻗어 있으면 온 세상이 잠시나마 고향처럼 느껴지죠."

여인은 내가 그녀에게 오는 길에 받은 느낌을 정확히 이야기했다. 여인의 목소리와 말투는 아들과 매우 흡사하면서 아주 달랐다. 모든 면에서 더 성숙하고 따스하고 훨씬 분명했다. 하지만 오래전에 막스가 아무에게도 소년이라는 인상을 주지 않은 것처럼 그의 어머니도 다 큰 아들이 있는 어머니 같은 느낌이 들지 않았다. 여인의 얼굴과 머리칼에서는 젊고 달콤한 분위기가 풍겼으며 금빛이 도는 피부는 팽팽하여 주름 하나 없는 데다 입술은 붉은 꽃이 만발한 것 같았다.

꿈에서보다도 여왕 같은 모습으로 그녀가 내 앞에서 있었다. 그녀 곁에 이렇듯 가까이 있을 수 있다는 사실은 내 사랑의 행복이고, 그녀의 시선은 내 꿈의 실현이었다.

이 또한 운명이 내게 보여주는 새로운 장면이었다. 내 운명은 더 이상 가혹하지 않았고 더 이상 고독하지 않았다. 아니, 이제 완전하고 즐거움으로 가득했다! 결심할 필요도, 소원을 빌 필요도 없었다.

나는 목적지에, 아주 높은 지점에 도달했다. 그곳

에서는 훌륭한 모습으로 놓여 있는 앞길이 보였다. 약속의 땅으로 이어지는 길은 임박한 행복의 나뭇가지들이 그늘을 만들어주었으며, 모든 종류의 즐거움이 가득한 정원들은 도처에서 쉼터가 되어주었다.

운명이 나를 어떻게 하든지 상관없었다. 세상에서 이 여인을 알고, 이 여인의 목소리를 마시고, 이 여인 곁에서 호흡할 수 있어 행복했다. 그녀가 내 어머니든 연인이든 여신이든 상관없었다. 그녀가 지금 이곳에 있었다! 나의 길이 그녀의 길 근처에 있다면 아무래도 좋았다!

여인이 나의 매 그림을 가리켰다. "당신이 보낸 그림만큼 우리 막스를 기쁘게 한 건 없었어요." 그녀는 생각에 잠겨 말했다. "나도 그랬고요. 우리는 오랫동안 당신을 기다렸답니다. 그리고 그 그림이 왔어요. 당신이 우리에게 온다는 걸 알 수 있었어요. 당신이 아주 어린 소년일 때, 싱클레어, 하루는 아들이 학교에 다녀와서 말했어요. 이마에 표식을 가진 소년이 있다고, 그 아이와 친구가 될 거라고 말이죠. 그 소년은 당신이었어요. 당신은 어려운 시간을 보냈지요.

하지만 우리는 당신을 믿었답니다. 당신이 방학 때 집에 돌아와 막스를 만난 적이 있지요. 당신이 열여섯 살 때였을 거예요. 막스가 내게 당시의 일을…."

내가 말을 끊었다. "아, 그가 그런 이야기까지 했군요! 제 인생에서 가장 비참한 시절이었습니다!"

"그래요, 막스는 제게 싱클레어가 가장 힘든 시기를 보내는 중이라고 말했어요. 당신이 다시 공동체로 도망치기 위해 애쓰고 있다고, 심지어 술집을 드나든다고요. 하지만 잘되지 않을 거라고 했어요. 당신의 표식이 가려져 있지만, 아무도 모르게 당신한테 불을 붙이고 있다고 말이에요, 그렇지 않았나요?"

"네, 그랬어요, 정말로 그랬습니다. 저는 베아트리체를 발견했고, 그 후에는 다시 인도자를 만났습니다. 그의 이름은 피스토리우스입니다. 그제야 어린 시절 왜 그토록 강하게 막스와 연결되어 있었는지, 왜 그에게서 벗어날 수 없었는지 알았습니다. 저기… 부인, 아니 데미안 어머니, 가끔 제가 자살하지 않으면 안 될 거라고 생각했습니다. 이 길이 누구에게나 그렇게 힘든가요?"

여인이 손을 내밀어 공기처럼 가볍게 내 머리를 쓰다듬었다. "태어나는 일은 언제나 어려워요. 당신도 새가 힘들게 알에서 나오는 것을 알겠지요. 돌이켜 생각해보고 자신에게 물어보세요. 그 길이 정말 그렇게 힘들었나요? 힘들기만 했나요? 아름답기도 하지 않았나요? 그보다 더 아름답고 쉬운 길이 과연 있었을까요?"

나는 고개를 저었다. "정말 힘들었습니다." 꿈을 꾸듯이 말을 이었다. "힘들었습니다. 그 꿈이 나타나기 전까지는요."

여인이 고개를 끄덕이며 꿰뚫어보는 듯한 눈빛으로 나를 바라보았다. "그래요, 누구나 자신의 꿈을 찾아야 해요. 그러면 길이 조금 쉬워질 거예요. 하지만 영원히 계속되는 꿈은 없어요. 새로운 꿈이 나타나지요. 어떤 꿈도 붙잡으려 해선 안 돼요."

나는 몹시 당황했다. 그 말은 경고였을까, 아니면 거절이었을까? 상관없었다. 나는 그녀가 인도하는 대로 따라갈 준비가 되어 있었다. 목적지는 묻지 않을 생각이었다.

“제 꿈이 얼마나 지속될지 저도 잘 모르겠습니다.” 나는 담담하게 말했다. “꿈이 영원하길 바라지만요. 새의 그림 아래에서 저의 운명은 어머니처럼, 연인처럼 저를 맞아주었습니다. 저는 제 운명의 것일 뿐 아무도 저를 어쩌지 못합니다.”

“그 꿈이 당신의 운명인 한 거기에 충실해야 해요.” 여인이 진지한 어조로 분명하게 강조했다.

슬픔이 나를 덮쳤다. 지금처럼 마법 같은 순간만 맛본 채 이대로 죽고 싶다는 생각이 간절했다. 눈물이 터져나올 것 같았다. 얼마나 오랫동안 울지 않았는가! 속에서 솟아오르는 눈물을 이길 수가 없었다. 급히 여인에게서 몸을 돌려 창가로 다가가 아무것도 보이지 않는 눈으로 화분 너머 풍경을 바라보았다.

등 뒤로 여인의 목소리가 들렸다. 침착한 목소리였지만 마치 잔 끝까지 와인을 채운 듯 애정이 가득 담겨 있었다. “싱클레어, 당신은 어린아이 같군요! 당신의 운명도 당신을 사랑하고 있어요. 당신이 변함없이 운명에 충실하다면 당신이 꿈꾸는 것처럼 언젠가 운명을 완전히 당신 것으로 만들 거예요.”

나는 슬픔을 억누르고 다시 여인을 향해 얼굴을 돌렸다. 그녀가 내게 손을 내밀었다.

"내겐 친구가 몇 명 있어요." 그녀가 미소 지으며 말했다. "많지 않지만 아주 친한 친구들이에요. 그들은 나를 에바 부인이라 부른답니다. 원한다면 당신도 그렇게 불러주세요."

그녀는 나를 문으로 데려가 문을 열고 정원을 가리켰다. "막스는 바깥에 있어요."

나는 아름드리나무들 아래서 혼란스러운 상태로 멍하니 서 있었다. 평상시보다 더 또렷하게 깨어난 건지, 더 깊은 꿈을 꾸는 건지 알 수 없었다. 나뭇가지에서 소리 없이 빗방울이 떨어졌다. 나는 천천히 정원으로 들어가 강둑을 따라 멀리까지 걸어갔다. 이윽고 데미안이 보였다. 그는 퍼걸러에서 권투선수처럼 웃옷을 벗은 채 샌드백을 치고 있었다.

나는 놀라서 그 자리에 멈춰섰다. 데미안은 굉장히 근사했다. 넓은 가슴, 강인해 보이는 남자다운 머리, 팔을 들어 올리면 팽팽하게 긴장하는 팔 근육이 탄탄하고 강해 보였다. 엉덩이와 어깨, 팔꿈치에서 나오는 동작들은 마치 경쾌한 물줄기를 보는 것 같았다.

"데미안!" 나는 소리를 질렀다. "여기서 뭐 하고 있어?"

데미안이 쾌활하게 웃었다. "연습하는 중이야. 그 자그마한 일본인과 한판 붙기로 약속했거든. 그 친구는 고양이처럼 날렵해. 굉장히 영리하고. 하지만 나를 마음대로 치진 못할 거야. 조금 굴욕적인 사건이 있었는데 그에게 갚아줄 생각이거든." 그가 셔츠와 재킷을 걸치며 물었다. "너 벌써 어머니를 만났구나?"

"그래, 데미안, 너희 어머니는 정말 멋진 분이야! 에바 부인! 그 이름도 잘 어울려. 마치 모든 존재의 어머니 같아[1]."

그는 잠시 내 얼굴을 물끄러미 바라보았다. "벌써 그 이름을 알아? 자랑스러워해도 될 거야, 친구! 어머니가 처음 만난 사람에게 그 이름을 알려준 건 네가 처음이야."

그날 이후 나는 아들이나 형제라도 된 듯, 아니

1. 독일어 에바는 천지창조 이야기에 등장하는 이브(Eve)를 가리킨다. 에바는 여자라는 뜻이며 최초의 여성이자 어머니다.

사랑에 빠진 사람처럼 그 집을 드나들었다. 문을 닫고 들어서면, 아니 멀리서 정원의 아름드리나무들이 눈에 들어오기만 해도 마음이 풍요롭고 행복했다. 바깥에는 '현실'이, 도로와 집, 사람과 규칙, 도서관과 강의실이 있었다. 그러나 여기 집 안에는 사랑과 영혼이 있고 동화와 꿈이 살았다.

하지만 우리는 결코 세상에서 고립된 채 살지 않았다. 가끔은 세상의 중심에 있는 생각과 대화 속에 살았다. 서 있는 장소만 다를 뿐이었다. 우리는 사람들과 담을 쌓고 살지도 않았다. 단지 보는 방식이 다를 뿐이었다. 우리의 사명은 세상 속에서 섬이 되어, 어쩌면 모범이 되는 일이었고, 최소한 인생을 다르게도 살 수 있다는 사실을 알려주는 일이었다.

오랫동안 외톨이로 지낸 나는 완전한 고독을 맛본 사람들끼리 만들 수 있는 공동체를 알게 되었다. 이제 행복한 사람들의 식탁이나, 즐길 줄 아는 사람들의 파티를 더 이상 그리워하지 않았다. 다른 사람들이 어울리는 것을 봐도 더 이상 부럽거나 향수를 느끼지 않았다. 나는 점차 '표식'을 지닌 사람들의 비밀도 알게 되었다.

표식을 지닌 우리는 세상 사람들에게 이상한 혹은 미친 사람 혹은 위험한 사람으로 여겨졌다. 당연했다. 우리는 깨어 있거나 깨어나는 사람들이었고 언제나 온전히 깨어 있기 위해 노력했다. 반면 다른 사람들은 자신의 생각과 이상, 의무, 삶과 행복을 대중의 기준에 맞추기 위해 노력하고 거기서 행복을 찾았다. 물론 그들에게도 노력이 있었고 힘과 위대함이 있었다.

그러나 우리가 보기에는, 표식을 지닌 자들이 자연의 의지를 새롭고 개인적이고 미래적으로 제시하는 것과 달리 그들은 현상을 유지하려는 의지 속에 살고 있었다. 그들도 우리처럼 인간을 사랑했으나, 그들에게 인간이란 보존하고 지켜야 하는 대상이었다.

우리가 생각하는 인간은 먼 미래였다. 우리 모두가 도달해야 하는 목표지만, 아무도 그게 어떤 모습인지 모르고, 가는 방법 역시 어디에도 쓰여 있지 않았다.

에바 부인과 막스, 나 외에도 아주 다양한 부류의 수많은 사람이 멀거나 가깝게 우리의 범주에 속해 있었다. 그들 중 많은 이가 독특한 길을 걸으며 아주 비범한 목표에 인생을 걸고 특별한 생각과 사명에 매달렸다. 그들 중에는 점성술사와 카발라 신자, 톨스토이 백작의 추종자[2]도 있었고, 마음이 여리고 수줍음이 많으며 상처받기 쉬운 온갖 인물은 물론 신생 종교의 신도, 인도 요가 신봉자, 채식주의자에 이르기까지 다양한 부류가 있었다. 하지만 서로 비밀스런 인생의 이상을 존중한다는 점 외에 우리와 이들 사이에는 정신적인 공통점이 없었다.

우리와 꽤 가까이 지내는 사람들도 있었다. 인류가 신들과 새로운 이상을 추구해온 과정을 과거에서 추적하는 사람들인데, 연구하는 모습을 보면 내 친구 피스토리우스가 떠올랐다.

그들은 책들을 가져와서 고대 언어로 쓰인 본문을 해석해주고, 오래된 상징물이나 제사 의식을 나타내는 그림들을 보여주었다. 그러면서 지금까지 인류가 지녀온 모든 이상은 무의식적인 영혼의 꿈들, 인류가 미래의 가능성을 예감만으로 더듬으며 추구한 꿈들로 이루어졌다는 사실을 알려주었다. 그렇게 우리는

2. 작가 레오 톨스토이(1828~1910)는 「전쟁과 평화」(1869), 「안나 카레니나」(1877)로 유명하지만, 「고백록」(1879) 이후의 작품에서는 종교 사상이 두드러지게 나타난다.

머리가 천 개 달린 기괴한 고대 신들의 집단은 물론 기독교가 전파되기 시작한 내용까지 공부했다. 고독한 수도자들의 신앙 고백과 종교가 민족에서 민족으로 건너가며 변화한 사례도 알았다.

지식을 끌어모으고 나니 우리가 사는 시대와 유럽의 문제가 보이기 시작했다. 유럽은 엄청난 노력을 들여 인류에게 강력한 무기를 선물했지만, 결말은 영혼의 심각한 황폐였다. 온 세상을 얻었을지언정 영혼은 잃어버리고 말았다.

우리 안에도 특정한 신앙과 구원설을 믿고 따르는 사람들이 있었다. 유럽을 개종하려는 불교 신자, 톨스토이의 제자들 그리고 소수 종교의 신도가 있었다. 더 좁은 범주에 속하는 우리는 그들의 이야기에 귀 기울였지만 그들의 교리가 상징하는 것만 선택하여 받아들였다. 미래가 어떻게 될지 걱정하는 일은 우리 표식을 지닌 사람들의 책임이 아니었다. 우리에게 종교와 구원설은 이미 죽어 쓸모없어진 존재였다. 우리의 의무와 운명은 오직 우리 각자가 온전한 자기 자신이 되어, 자연이 심은 대로 자연의 의지에 맞게 충실히 살아내 알 수 없는 미래가 가져올 모든 순간을 기꺼이 맞이하는 것이었다.

입 밖에 내든 안 내든 우리 모두는 새로운 시작과 현시대의 붕괴가 임박했음을 분명히 느끼고 있었다.

데미안은 여러 차례 같은 이야기를 했다. "무슨 일이 일어날지 전혀 알 수 없어. 유럽의 정신은 끔찍이도 오랫동안 묶여 있던 짐승과 같아. 만약 풀려난다면 최초의 움직임이 상냥하진 않을 거야. 하지만 그토록 오랫동안 끊임없이 아니라고, 없다고 가려온 진짜 위기가 모조리 드러나면 직진이냐 우회냐 하는 것은 중요하지 않겠지. 이제 우리의 날이 올 거야. 사람들이 우리를 필요로 할 테고. 그들을 이끌거나 새로운 규범을 만들어주는 역할이 아니야. 더 이상 새로운 규범 따위는 생기지 않을 거야. 우리의 역할은 오히려 그들과 함께 가다가 운명이 부르는 곳에서 기꺼이 멈춰서는 것이지. 잘 들어. 모든 인간은 자기들의 이상이 위협받으면 말도 안 되는 짓을 저지를 각오가 되어 있어. 그렇지만 새로운 이상이, 새롭고 위험하며 엄청난 성장의 움직임이 문을 두드릴 때는 아무도 나서지 않아. 그때 나서서 함께 가는 소수가 바로 우리일 거야. 우리가 표식을 달고 있는 이유지. 카인이 공포와 증오심을 불러일으켜 인류를 좁은 초원에서 위험한 광야로 내보내기 위해 표식을 단 것처럼. 인류가 걸어온 길에 큰 영향을 미친 사람들은 예외 없이 운명을 기꺼이 받아들였기 때문에 그 능력과 영향력을 발휘할 수 있었어. 모세와 석가모니, 나폴레옹과 비스마르크가 그랬지. 어떤 물결을 위해 헌신하는가, 어느 편에 서서 반응하는가는 그들이 선택하는 게 아니야. 비스마르크가 사회민주주의자들을 이해하여 그들 편에 섰다면 현명한 지식인이 되었을지언정 운명의 사내가 되진 못했을 거야[3]. 나폴레옹도 카이사르도 로욜라[4]도 다 그랬던 거야! 우리는 모든 것을 생물학과 진화의 관점에서 생각해봐야 해! 지각 변동이 일어나서 물속에 살던 동물이 육지로 올라오고, 육지 동물이 물속으로 도망쳤을 때도 운명을 준비한 개체가

3. 비스마르크(1815~1898)는 19세기 초까지 연방국가에 지나지 않던 독일을 강력한 제국으로 통일한 인물이다. 국가의 문제는 언론과 다수결이 아니라 오직 철과 혈로 해결할 수 있다는 연설이 유명해지면서 철혈 재상이라 불렸다.
4. 로욜라 성인(1491~1556)은 스페인의 수도사이며 가톨릭 수도회인 예수회를 창립했다.

있었어. 그들은 한 번도 보지 못한 새로운 일을 벌이고 새로운 환경에 적응함으로써 자기 종족을 구할 수 있었어. 그 개체들이 보수적이고 현상 유지를 좋아하는 부류였는지, 아니면 별종에다 혁명적인 부류였는지 우리는 알 수 없어. 하지만 그들은 기다렸고, 그렇기 때문에 새로운 변화에 대응하여 자기 종족을 구했다는 사실은 알 수 있어. 같은 이유로 우리 자신도 준비된 인간이길 바라는 거지."

이런 대화를 나눌 때면 에바 부인도 자리를 함께 했다. 하지만 그녀는 이런 식으로 직접 이야기에 참여하진 않았다. 말하는 한 사람 한 사람에게 귀를 열고 경청자이자 메아리로 존재하며 깊은 신뢰와 이해를 보여주었다. 모든 생각이 그녀에게 나와서 그녀에게 되돌아가는 듯했다. 에바 부인 곁에 앉아서 그녀의 목소리를 듣고 그녀를 둘러싼 성숙하고 정신적인 분위기를 공유할 수 있다는 것이 나의 행복이었다.

에바 부인은 내 심경에 우울함이나 회복 같은 변화가 생기면 바로 알아보았다. 자면서 꾸는 꿈들이 그녀가 보내는 계시 같았다. 가끔 꿈 이야기를 하면 그녀는 언제나 당연하고 자연스럽게 받아들였다. 그녀에게 당연하지 않고 이해할 수 없는 이상한 이야기란 없었다.

한동안 우리가 낮에 나눈 이야기를 그대로 베낀 듯한 꿈을 꾸었다. 나는 온 세상이 혼란에 빠지고 나 홀로 혹은 데미안과 함께 긴장하며 거대한 운명을 기다리는 꿈을 꾸었다. 그 운명은 감추어져 있었지만, 어딘지 에바 부인의 모습을 하고 있는 것 같았다. 그녀에게 선택받거나 버려지는 것, 그것이 내 운명이었다.

에바 부인은 가끔씩 미소 지으며 말했다. "싱클레어, 당신의 꿈은 완전하지 않아요. 가장 좋은 부분이 빠졌어요."

그제야 다시 그 부분이 생각났고, 어떻게 그런 것을 잊을 수 있는지 나 자신을 이해할 수 없었다.

나는 때때로 마음에 차지 않는 욕망으로 괴로워했다. 에바 부인을 품에 안지 못하고 곁에서 바라보기만 하는 상황을 더는 견딜 수가 없었다.

에바 부인은 그것도 금세 알아챘다. 며칠 동안 발을 끊었다가 혼란스러운 표정으로 찾아갔을 때, 그녀는 나를 한쪽으로 불러서 말했다. "당신이 믿지도 않는 소원에 마음을 빼앗기면 안 돼요. 당신이 무엇을 원하는지 나는 알아요. 하지만 그 소원을 포기할 수 있어야 해요. 아니면 정말 온전히 바르게 원해야 합니다. 당신이 원하는 일이 진심으로 성취될 거라고 확신할 만큼 원한다면, 원하는 대로 이루어질 거예요. 하지만 당신은 원하고 다시 후회하고 두려워하고 있어요. 모두 극복해야 하는 것들이죠. 당신에게 이야기를 들려줄게요."

여인은 별을 사랑한 청년 이야기를 들려주었다.

청년은 바닷가에 서서 두 팔을 펼치고 별을 향해 기도했다. 그는 별을 꿈꾸었고 자신의 생각들을 별에게 보냈다. 그는 알았다. 아니, 안다고 생각했다. 인간은 별을 안을 수 없다는 것을. 청년은 실현되리라는 희망도 없이 별을 사랑하는 게 자신의 운명이라 생각했다. 그 생각을 모아 단념에 대해, 말 못 할 일편단심의 고통에 대해 긴 생명의 시를 썼다. 그것이 자신을 발전시키고 정화시켜줄 거라 생각하면서. 하지만 그의 꿈들은 모두 별에게 전해지고 있었다.

어느 날 밤 청년은 바닷가의 높은 절벽에 서서 별을

바라보았다. 그의 마음이 사랑으로 불타는 것 같았다. 그는 거대한 갈망에 사로잡혀 그대로 뛰어올랐다. 별을 향해 허공으로 몸을 던진 것이다. 뛰어오르는 순간에도 번개처럼 생각했다. 당연히 불가능하겠지! 그의 몸은 해변에 떨어져 산산조각이 났다. 그는 사랑하는 법을 이해하지 못한 것이다. 뛰어오르는 순간에도 사랑이 이루어질 거라고 굳게 확신하는 정신력을 가졌더라면 청년은 하늘로 날아올라 별과 하나 될 수 있었을 것이다.

"사랑은 달라고 애원해선 안 됩니다." 여인이 말을 이어나갔다. "요구해서도 안 돼요. 사랑은 스스로 확신에 이르는 힘이 필요합니다. 그러면 사랑에 끌려다니지 않고 이끌게 되지요. 싱클레어, 당신의 사랑은 내게 끌려오고 있어요. 그 사랑이 나를 끌어당기면 내가 갈 거예요. 나는 선물을 주고 싶지 않아요. 싸워서 나를 얻어야 하죠."

다음번에는 다른 이야기를 들려주었다.

희망 없는 사랑에 빠진 남자가 있었다. 남자는 자신의 영혼 속으로 도망쳤고 사랑 때문에 타죽을 것 같다고 생각했다. 남자는 세상도 잃어버렸다. 그는 더 이상 파란 하늘도 초록빛 숲도 보지 못했다. 시냇물 소리도 들리지 않았고, 하프의 선율도 들을 수 없었다. 모든 것이 사라졌다. 그는 비참하고 불행했다.

그럼에도 불구하고 그의 사랑은 점점 자라났다. 사랑하는 여인을 가질 수 없다면 차라리 죽어 썩어버리는 게 나았다. 남자는 사랑이 내면의 모든 것을 태워 없앴다는 사실을 깨달았다. 그의 사랑은 강력해져서 여자를 끌어당겼고, 아름다운 여자는 끌려올 수밖에 없었다. 남자는 그녀를 끌어안기 위해 두 팔을 벌리고 서 있었다. 여자가 그의 앞에 다가섰다. 하지만 그녀는 완전히 달라져 있었다. 남자는 자신이 잃어버린 세계를 모조리 자신에게 끌어당겼다는 것을 알아채고 몸서리를 쳤다.

그 앞에 서 있던 세계가 남자의 품으로 들어왔다. 하늘과 숲, 시내, 이 모든 것이 새롭고 생생한 빛깔의 빼어나게 아름다운 모습으로 다가와 남자의 것이 되었고 남자의 언어로 말했다. 남자는 단순히 한 여인을 얻은 것이 아니라 온 세상을 마음에 품었다. 하늘의 별들이 그 안에서 반짝였고 그의 영혼 속에서 환희의 불꽃을 터뜨렸다. 그는 사랑을 하고 자기 자신을 발견했다. 하지만 보통 사람들은 사랑하면서 자기 자신을 잃어버린다.

에바 부인을 향한 사랑은 내 인생을 채우는 유일한 알맹이 같았다. 그런데 그 사랑의 모습은 매일 달라졌다. 가끔은 내 존재를 끌어당기는 것이 에바 부인이라는 인물이 아닌 것 같다는 생각이 강하게 들었다. 그녀는 단지 나를 내 안의 깊은 곳으로 인도하려는 내 마음의 상징일 뿐이라고 말이다. 때로는 그녀의 말이 나를 혼란스럽게 하는 뜨거운 질문들에 대한 내 무의식의 대답처럼 들리기도 했다. 그런 뒤에는 다시 그녀 곁에서 육체의 욕망에 사로잡혀 그녀가 만진 물건에 입을 맞추기도 했다. 언젠가부터 서서히 육체의 사랑과 육체적이지 않은 사랑, 현실과 상징이 서로 뒤섞이기 시작했다.

하루는 내가 묵는 방에서 조용히 간절하게 에바 부인을 생각하고 있었는데 내 손에 그녀의 손이, 내 입술에 그녀의 입술이 느껴지는 경험을 했다. 또 어느 날은 내가 그녀 곁에서 그녀의 얼굴을 바라보고 그녀에게 말하고 그녀의 목소리를 듣는 것 같았다. 하지만 그 느낌이 진짜인지 꿈인지 알 수 없었다. 이제 나는 어떻게 하면 사랑을 지속적으로 영원히 간직할 수 있는지 알 것 같았다.

책을 읽으면서 새롭게 깨달은 것이 있는데, 에바 부인의 키스와 똑같은 느낌이었다. 그녀가 내 머리카락을 쓰다듬고 그녀만의 성숙한 향기가 풍기는 온기 섞인 미소를 지어주었을 때, 나 스스로 한 걸음 발전했을 때 느낀 것과 똑같은 감정을 느꼈다. 내게 중요하고 운명에 관계된 것이라면 모두 에바 부인의 모습을 할 수 있었다. 그녀는 내 모든 생각으로 변할 수 있었고, 내 모든 생각은 그녀로 변할 수 있었다.

부모님 집에서 지내야 하는 성탄절 휴가가 두려웠다. 2주나 에바 부인에게서 멀리 떨어지는 게 고통스러울 터였다. 하지만 그 시간은 고통이 아니었고, 고향에 돌아가 그녀를 떠올리는 일도 무척 황홀했다. 그래서 H시로 돌아왔을 때도 이틀이나 그녀의 집을 찾아가지 않았다. 그 안정감과 그녀에게서 물리적으로 떨어져 있다는 자유로움을 즐기고 싶었다.

나는 또한 새롭고 비유적인 방식으로 그녀와 결합하는 꿈을 꾸기도 했다. 에바 부인은 바다였고, 나는 그 바다로 세차게 흘러들어갔다. 그녀는 별이었고, 나는 그 별을 향해 이동하는 별이었다. 두 별은 만났고 서로 강하게 이끌렸다. 우리는 서로의 주변을 맴돌아 울림을 만들면서 영원히 행복하게 동행했다.

다음번에 에바 부인을 찾아갔을 때 이 꿈에 대해 이야기했다.

"아름다운 꿈이네요." 그녀가 조용히 말했다. "현실로 이루어지게 하세요!"

봄이 다가오는 어느 날, 결코 잊을 수 없는 하루를 경험했다. 나는 거실에 들어섰다. 창문이 열려 있었고, 포근한 바람이 짙은 히아신스 향기를 실어다 방안을 채웠다. 아무도 보이지 않았다. 나는 계단을 올라가 데미안의 서재로 갔다. 가볍게 문을 두드린 뒤 평상시처럼 대답을 기다리지 않고 방문을 열었다.

커튼을 닫아서 방 안이 어두웠다. 그런데 서재에 딸린 작은 방으로 통하는 문이 열려 있었다. 막스가 화학실험실로 꾸며놓은 방이었다. 열린 문을 통해 비구름 사이로 비치는 봄 햇살의 밝고 눈부신 빛이 들어왔다. 나는 아무도 없다고 생각하여 커튼 하나를 열어젖혔다.

그 순간 커튼을 친 창가에 데미안이 등받이 없는 의자에 앉아 있는 모습이 보였다. 몸을 잔뜩 웅크린 채 이상하게 변한 모습이었다. 생각이 번개같이 머리를 스쳤다. 전에도 본 적이 있다! 데미안은 조금도 움직이지 않았다. 양손은 무릎 위에 있었다. 눈을 크게 뜨고 옆으로 살짝 기울인 얼굴은 초점도 없고 생기도 없었다. 죽은 듯한 동공이 유리 조각처럼 반짝이며 희미한 빛을 반사했다. 창백한 얼굴은 자신 안으로 숨어든 것 같았다. 소름 끼치는 멍한 눈빛 외에는 아무런 표정도 없었다. 사원 입구에 걸린 고대의 짐승 가면처럼 보였다. 그는 숨조차 쉬지 않는 것 같았다.

나는 기억에 사로잡혔다. 그래, 수년 전 조그마한 소년일 때도 그가 이렇게 변한 걸 본 적이 있었지. 그의 눈은 꼭 지금처럼 내면을 응시했고, 그의 손은 지금처럼 생기 없이 나란히 놓여 있었으며, 파리 한

마리가 그의 얼굴을 기어다니고 있었다. 데미안은 6년쯤 전인 그때도 지금처럼 나이 들어 보였고 지금처럼 시간을 초월한 듯 보였다. 얼굴의 주름 하나까지 지금과 조금도 다르지 않았다.

갑자기 두려운 느낌이 들어 조용히 방에서 나와 계단을 내려왔다. 거실에서 에바 부인과 마주쳤다. 그녀는 창백하고 피곤해 보였다. 그런 모습은 한 번도 본 적이 없었다. 그림자가 창문을 스치자 밝고 눈부시던 햇빛이 갑자기 사라졌다.

"막스에게 갔어요." 내가 급하게 말했다. "무슨 일이 있었습니까? 잠을 자는 건지, 어딘가에 몰두해 있어요. 저도 잘 모르겠습니다. 전에도 그렇게 변한 모습을 본 적이 있습니다."

"그를 깨우진 않았지요?" 여인이 급히 물었다.

"네. 그는 제 소리를 못 들었어요. 저는 바로 나왔습니다. 에바 부인, 데미안이 왜 그러는지 말씀해주시겠어요?"

그녀가 손등으로 이마를 쓸었다. "걱정하지 말아요, 싱클레어. 그 아이에겐 아무 일도 없어요. 자기 자신 안에 들어간 것뿐이에요. 오래 계속되진 않을 거예요."

여인은 자리에서 일어나 비가 쏟아지기 시작하는데도 정원으로 나갔다. 왠지 그녀를 따라가면 안 될 것 같은 느낌이 들었다. 나는 거실에서 이리저리 서성이며 후각이 마비될 듯한 히아신스 향기를 맡으며 문 위에 걸린 나의 새 그림을 쳐다보았다. 그날 아침 그 집을 가득 채운 묘한 그림자에 숨이 막힐 듯 답답했다. 무슨 일일까? 무슨 일이 일어난 걸까?

에바 부인은 금방 돌아왔다. 부인의 검은 머리카락 끝에 물방울이 맺혀 있었다. 안락의자에 몸을 누이는 그녀는 몹시 피곤해 보였다. 나는 그녀에게 다가가 몸을 숙여 그녀의 머리카락에 맺힌 물방울에 입을 맞추었다. 여인의 두 눈은 또렷하고 태연했지만 물방울에선 눈물 같은 맛이 났다.

"제가 그에게 가볼까요?" 내가 속삭이며 물었다.

여인이 힘없이 미소 지었다. "어린애처럼 굴면 안 돼요, 싱클레어!" 그녀는 스스로 벽을 깨려는 듯이 큰 소리로 엄하게 말했다. "돌아가세요. 그리고 나중에 다시 와요. 지금은 당신과 이야기할 수 없어요."

나는 그 집에서 나와 시내를 지나 산을 향해 걷고 달렸다. 가는 빗줄기가 내 얼굴을 때리고 구름이 겁에 질린 듯 잔뜩 짓눌려 낮게 떠가고 있었다. 아래쪽은 바람이 불지 않았지만 높은 곳은 폭풍이 치는 것 같았다. 때때로 햇살이 강철 같은 먹구름 사이로 창백하고 환한 빛을 비추었다.

그때 하늘에서 옅은 노란 구름이 몰려왔다. 노란 구름은 잿빛 먹구름의 벽에 부딪혔다. 바람이 순식간에 노란 구름과 잿빛 구름으로 거대한 새의 형상을 만들어냈다. 그 새가 짙푸른 혼돈을 뚫고 나와 날개를 크게 퍼덕이며 멀리 하늘로 사라졌다. 이어서 폭풍우 치는 소리가 들려왔다. 빗방울이 우박과 뒤섞여 떨어졌다. 비 내리는 대지에 천둥이 잠시 동안 믿을 수 없을 만큼 소름 끼치는 소리를 내며 울렸다. 다시 햇살이 얼굴을 내밀었고 검붉은 숲 위로 보이는 산등성이에서 창백한 흰 눈이 현실이 아닌 듯 아련하게 반짝였다.

몇 시간 뒤 온몸이 젖은 채 새파랗게 질려서 다시 돌아왔을 때는 데미안이 직접 문을 열어주었다.

그는 나를 자기 방으로 데려갔다. 가스난로가 타는 실험실엔 종이가 널려 있었다. 일하는 중인 것 같았다.

"앉아." 그가 권했다. "피곤해 보이는구나. 끔찍한 날씨였어. 바깥에서 굉장히 고생한 모양이네. 금방 따뜻한 차를 가져올 거야."

"오늘 뭔가가 시작됐어." 내가 머뭇거리다 말을 꺼냈다. "그냥 단순한 비바람은 아닌 것 같아."

데미안은 나를 관찰하듯 바라보았다. "무언가를 본 거니?"

"맞아, 구름 속에서 한 순간 뚜렷한 형상이 보였어."

"어떤 형상이었는데?"

"새였어."

"그 매? 그거였니? 네 꿈의 새였어?"

"맞아, 그건 나의 매였어. 황금 빛깔에 거대한 모습으로 짙푸른 하늘을 향해 날아갔어."

데미안이 깊은 한숨을 내쉬었다.

문을 두드리는 소리가 났다. 늙은 하녀가 차를 가져다주었다.

"자, 어서 마셔, 싱클레어. 내 생각에는 네가 그

새를 우연히 본 건 아닌 것 같은데?"

"우연히? 어떻게 그런 것을 우연히 볼 수가 있지?"

"그래, 네 말이 맞아. 그건 무엇인가를 암시해. 어떤 것인지 알겠니?"

"모르겠어. 다만 급격한 변화를 의미하는 것 같아. 운명이 한 걸음 다가왔다고 할까? 내 생각에는 그게 우리 모두와 관계된 느낌이야."

데미안은 성급한 걸음으로 왔다 갔다 했다.

"운명이 한 걸음 다가온 것 같다고!" 그가 큰 소리로 말했다. "나도 어젯밤에 똑같은 꿈을 꾸었지. 어머니도 어제 예감을 느꼈다며 똑같은 이야기를 해주셨어. 나는 꿈에서 사다리를 타고 나뭇가지인지 탑인지 모를 높은 곳으로 올라갔어. 위에서 내려다보니 나라 전체가 한눈에 들어왔어. 거대한 대지였지. 마을과 도시가 불타고 있었어. 지금 모든 것을 이야기해줄 순 없어. 나도 아직 모든 것이 불분명해."

"너는 그 꿈이 너와 관련 있다고 생각해?" 내가 물었다.

"나와 관련 있냐고? 물론이야. 자기와 관련 없는

꿈을 꾸는 사람은 아무도 없어. 하지만 나 혼자만 관련된 건 아니야. 네 물음은 일리가 있어. 나는 내 영혼의 변화를 알려주는 꿈과 아주 드물지만 인류 전체의 운명을 암시하는 꿈을 정확히 구별할 수 있어. 그런 꿈은 거의 꾼 적이 없고, 앞날을 예견하는 꿈이 실제로 이루어졌다고 할 만한 것 역시 한 번도 없었어. 해석이 좀 애매하겠지만 나 혼자만 관련된 꿈을 꾸지 않았다는 사실은 확실히 알아. 어제 꾼 꿈은 이전의 다른 꿈들과 연관된 내용이야. 꿈이 계속 이어지고 있어. 이 꿈들은 말이지, 싱클레어, 나한테 예감을 주고 있어. 너한테도 이야기한 적이 있지. 우리는 우리가 사는 세상이 정말 부패했다는 사실을 잘 알아. 다만 그렇기 때문에 세상이 멸망한다거나 그 비슷한 일이 벌어질 거라고 예언할 순 없어. 하지만 나는 벌써 몇 년째 그런 꿈들을 꾸고 있어. 거기서 얻은 결론은, 아니 느낌은, 아니 뭐든 너 좋을 대로 생각해줘, 내가 받은 느낌은 낡은 세계가 곧 붕괴된다는 거야. 처음엔 아주 미미하고 멀게만 느껴지는 예감이었는데, 시간이 지날수록 선명하고 강해져. 아직까지는 나하고도 연관

된 거대하고 끔찍한 것이 다가오고 있다는 점 말고는 아무것도 모르겠어. 싱클레어, 곧 우리가 자주 이야기한 것을 경험할 거야! 세계가 스스로 바뀌려 하고 있어. 죽음의 냄새가 나. 죽음 없이는 새로운 것이 오지 못해. 내가 생각한 것보다 훨씬 더 끔찍할 거야."

나는 겁에 질려 그를 쳐다보고는 주저하며 물었다.

"네 꿈의 나머지 이야기도 들려줄 수 있어?"

그가 고개를 저었다. "아니."

문이 열리고 에바 부인이 들어왔다. "여기들 앉아 있었구나! 너희, 슬퍼하는 건 아니지?"

여인은 생기가 돌았고 더 이상 피곤해 보이지 않았다. 데미안이 미소를 지어 보였고, 여인은 겁먹은 아이들을 보살피는 어머니처럼 우리에게 다가왔다.

"우린 슬퍼하지 않아요, 어머니. 단지 이 새로운 징후를 맞혀보고 있었을 뿐이에요. 하지만 상관없어요. 다가올 일은 갑자기 닥쳐오겠지요. 우리는 우리가 알아야 하는 것을 이미 알아둘 거예요."

나는 기분이 좋지 않았다. 인사를 하고 혼자 거실을 지나는데 히아신스 향기가 생기도 없이 탁하여 마치 죽음의 냄새처럼 느껴졌다. 우리 위로 그림자가 드리워졌다.

제8장

종말의 시작

*

여름 학기도 H시에서 보내겠다고 부모님을 설득했다. 우리는 집 안에 있기보다는 정원의 강가에서 시간을 보냈다. 일본인은 권투 시합에서 데미안에게 완전히 패한 뒤 떠났고 톨스토이의 제자도 자취를 감췄다. 데미안은 말 한 필이 있었는데, 매일같이 그 말을 타고 몇 시간씩 외출했다. 나는 많은 시간을 그의 어머니와 단둘이 보냈다.

내 삶이 이렇듯 평화롭다는 사실이 신기했다. 그토록 오랫동안 외롭게 지내며 포기하는 방법을 익히고 열심히 내 고통을 억눌러왔는데, H시의 몇 달은 오로지 아름답고 유쾌한 일, 즐거운 감정만 누리며 편안하고 황홀하게 살 수 있는 꿈의 섬 같았다. 우리가 바라는 새롭고 차원 높은 공동체의 모습을 미리 맛보는 기분이었다.

하지만 가끔씩 이런 행복감 너머로 깊은 슬픔이 밀려왔다. 이런 생활이 오래가지 못하리라는 걸 알고 있었기 때문이다. 나는 만족과 편안함 속에 살도록 태어나지 않았다. 내겐 고통과 절박함이 필요했다. 언젠가는 이 아름다운 사랑의 광경에서 깨어나 다시 혼자가 되어 평화도 동행도 없이 외로움과 투쟁밖에 남지 않은 차가운 세계에서 완전히 고독하게 살아가리라는 걸 예감했다.

그때부터 더 깊은 애정을 쏟으며 에바 부인 곁에 머물렀고, 내 운명이 아직은 이렇게 아름답고 고요한 모습이라는 데 안도했다.

여름 몇 주일이 가볍고 빠르게 지나면서 학기도 거의 끝나갔다. 이별이 코앞으로 다가왔다. 나는 이별을 생각하고 싶지 않았고, 실제로도 생각하지 않았다. 그 대신 나비가 꿀을 머금은 꽃에 붙어 있듯 아름다운 하루하루에 매달렸다. 내 인생에서 처음으로 만족을 얻고 소속감을 느낀 행복한 시간이었다. 이제는 무슨 일이 벌어질까? 나는 다시 힘겹게 싸우고, 그리움에 괴로워하고, 꿈을 꾸고, 고독할 터였다.

하루는 이런 예감이 너무 강하게 들면서 에바 부인을 향한 사랑이 별안간 고통스럽게 불타올랐다. 맙소사, 머지않아 그녀를 더 이상 볼 수 없을 것이고, 집 안을 거니는 그녀의 경쾌한 발소리도 더 이상 들을 수 없을 것이고, 내 책상에는 더 이상 그녀의 꽃이 없을 것이다. 나는 지금까지 무엇을 했단 말인가? 에바 부인을 얻는 대신, 그녀를 얻기 위해 싸우고 그녀를 영원히 내 곁으로 끌어당기는 대신 그저 꿈을 꾸며 편안함 속에서 우쭐거릴 뿐이었다.

에바 부인이 진정한 사랑에 관해 들려준 이야기가 모조리 떠올랐다. 사려 깊은 충고들, 은근한 유혹들, 어쩌면 약속까지. 나는 대체 그런 이야기를 듣고 무엇을 했단 말인가? 아무것도 하지 않았다! 전혀!

방 한가운데 서서 내 모든 의식을 집중하여 에바를 생각했다. 내 영혼의 모든 힘을 끌어모으고 싶었다.

그녀가 내 사랑을 느낄 수 있도록, 그녀가 내게 끌려 올 수 있도록. 그녀는 내게 와서 나의 포옹을 갈망해야 했다. 나의 입맞춤이 그녀의 성숙한 사랑의 입술을 탐욕스럽게 파고들어야 했다.

나는 일어서서 온몸의 힘을 집중했다. 손끝과 발끝이 차가워지기 시작했다. 내게서 힘이 빠져나가는 게 느껴졌다. 한순간 내 안에서 무엇인가 밝고 차가운 것이 단단히 꽉 뭉쳐졌다. 잠깐 동안 마음속에 수정을 품은 것 같았고, 나는 그것이 내 자아라는 사실을 알았다. 냉기가 가슴까지 올라왔다.

끔찍한 긴장에서 깨어나자 무엇인가가 다가오고 있다는 느낌이 들었다. 죽을 만큼 피곤했지만 에바가 눈부시게 매혹적인 모습으로 내 방에 들어서는 모습을 기꺼이 보고 싶었다.

말발굽 소리가 멀리서 들려오더니 점점 가까워지며 커지다가 갑자기 멈추었다. 나는 창문으로 달려갔다. 데미안이 말에서 내리는 모습이 보였다. 아래층으로 뛰어내려갔다.

"무슨 일이야, 데미안? 어머니한테 무슨 일이 생긴

건 아니겠지?"

그는 내 말을 듣고 있지 않았다. 얼굴이 새하얗게 질린 채 땀이 이마에서 양쪽 뺨으로 흘러내리고 있었다. 그는 헐떡이는 말의 고삐를 정원 울타리에 묶더니 내 팔을 잡고 길을 따라 걷기 시작했다.

"너도 이미 아는 거야?"

나는 아무것도 아는 게 없었다.

데미안은 내 팔을 꽉 잡고 나를 똑바로 바라보았다. 어둡고 동정이 느껴지는 이상한 표정이었다. "그래, 친구, 이제 시작됐어. 러시아와의 팽팽한 긴장감은 너도 알았겠지만…."

"뭐라고? 전쟁이 터진 거야? 그런 일은 상상도 못 했어."

주변에 아무도 없었지만 데미안은 소리를 낮추고 말했다. "아직 선포되지 않았지만 이미 전쟁이 시작됐어. 내 말을 믿어. 나는 지난번 그때 이후로 이 문제를 가지고 널 괴롭히지 않았지만 벌써 세 번이나 새로운 징조를 보았어. 세계가 멸망하거나, 지진이 일어나거나, 혁명이 일어나진 않겠지만 전쟁이 올 거야.

너도 상황이 어떻게 흘러갈지 보게 될 거야! 사람들은 기뻐하겠지. 지금도 전쟁이 터졌다고 기뻐하고 있어. 그 정도로 그들에겐 인생이 지루했던 거지. 하지만 두고 봐, 싱클레어. 이건 시작에 불과해. 어쩌면 꽤 큰 전쟁이 될지도 몰라. 정말 엄청난 전쟁. 하지만 그것조차 시작의 일부일 거야. 새로운 물결이 밀려오고 있어. 이제 낡은 것에 집착하던 사람들은 절망에 빠지겠지. 너는 어떻게 할 계획이야?"

나는 당황했다. 모든 것이 아직 낯설고 비현실적으로 들렸다. "난 잘 모르겠어. 너는?"

데미안은 어깨를 으쓱했다. "동원령이 발표되자마자 입대해야지. 나는 장교야."

"네가? 그런 이야기는 한 적이 없잖아."

"그랬지. 내가 적응하는 방식이거든. 너도 알겠지만 나는 주목받는 게 싫었어. 언제나 적당하기보다는 지나치게 눈에 띄지 않으려고 해왔지만 말이야. 일주일 뒤면 나는 이미 전장에 있을 거야."

"그게 무슨 말도 안 되는…."

"이봐, 싱클레어, 감상적으로 받아들여선 안 돼.

나 역시 살아 있는 사람에게 발포 명령을 내리는 게 즐겁지는 않을 거야. 하지만 그런 것은 중요하지 않아. 이제 우리 모두가 거대한 운명의 수레바퀴 속으로 빨려들어갈 거야. 너도. 네게도 소집명령이 떨어질 거야."

"그럼 너희 어머니는 어떻게 되지, 데미안?"

그제야 10여 분 전에 무슨 일이 있었는지 떠올랐다. 세상이 이렇게나 변할 수 있단 말인가! 조금 전의 달콤한 장면을 떠올리기 위해 모든 힘을 끌어모았지만 이제 내 운명은 갑자기 소름 끼치는 가면을 쓴 채 나를 위협적으로 노려보고 있었다.

"우리 어머니? 아, 그분은 걱정할 필요 없어. 어머니는 안전해. 지금 이 순간 세상 어느 누구보다도 안전할 거야. 우리 어머니를 그렇게나 사랑하는 거야?"

"알고 있었어, 데미안?"

그는 아주 시원하게 밝은 웃음을 터뜨렸다. "그래, 이 녀석아! 물론 알고 있었지. 지금껏 어머니를 사랑하지 않고 에바 부인이라 부른 사람은 없었어. 그런데 왜 그런 거야? 오늘 나 아니면 어머니를 불렀잖아, 그렇지?"

"맞아, 내가 불렀어. 내가 에바 부인을 불렀어."

"어머니가 그걸 느끼셨어. 내게 가보라고 하셨지. 그래서 내가 온 거야. 러시아 소식을 말씀드리는 참이었어."

우리는 발길을 돌려 조금 더 이야기를 나누었다. 데미안은 고삐를 풀어 말에 올라타고 다시 가버렸다.

내 방에 이르러서야 내가 얼마나 지쳤는지 알았다. 데미안이 전한 소식 때문이기도 했지만 그 전에 온 힘을 다 쏟은 탓이었다. 그런데 에바 부인이 내가 부르는 소리를 들었다니! 마음속 생각만으로 그녀에게 닿은 것이다. 이런 일이 터지지 않았다면 그녀가 직접 왔을지도 모른다. 이 모든 것이 얼마나 기이하고 하나같이 아름다운가!

이제 전쟁이 벌어질 터였다. 우리가 자주 이야기한 일들이 곧 드러나기 시작할 것이다. 데미안은 이미 많은 것을 알고 있었다. 세상의 흐름은 더 이상 어디서도 우리를 비껴가지 않을 것이다. 이 물결은 갑자기 우리의 마음 한복판에 자리 잡았고, 모험과 거친 운명이 우리를 향해 달려오고 있었다. 이제 곧 세상이 스스로 변하기 위해 우리를 필요로 하는 순간이 올 것이다.

기이하지 않은가. 데미안 말처럼 감상적으로 받아들일 일이 아니었다. 이상한 것은 내가 그토록 고독하게 염원해온 '운명'을 수많은 사람과, 전 세계와 함께 경험하리란 사실이었다. 그것도 나쁘지 않았다!

나는 각오가 되어 있었다. 저녁이 되어 시내로 나가니 골목마다 흥분으로 일렁였다. 도처에서 '전쟁'이라는 단어가 들렸다!

나는 에바 부인의 집으로 돌아갔고, 우리는 정원의 퍼걸러에서 저녁을 먹었다. 내가 유일한 손님이었다. 아무도 전쟁을 입에 올리지 않았다.

아주 늦은 시간이 되어 내가 집으로 돌아가려고 하자 에바 부인이 말을 꺼냈다. "싱클레어, 당신은 오늘 나를 불렀지요. 내가 직접 가지 않은 이유를 알 거라 생각해요. 하지만 잊지 마세요. 당신은 이제 부르는 방법을 알고 있습니다. 언제든 표식을 지닌 사람이 필요해지면 그렇게 다시 부르면 되는 거예요!"

그녀는 자리에서 일어나 어스름이 깔린 정원을 앞서 걸어나갔다. 이 수수께끼 같은 여인은 위엄 있고 당당하게 조용한 나무들 사이로 걸어갔다. 그녀의 머리 위에서 수많은 별이 작고 희미하게 반짝거렸다.

내 이야기의 끝이 가까워졌다. 상황은 빠르게 전개되었다. 전쟁이 닥쳤고, 데미안은 군복에 은빛 회색 코트를 입은 몹시 낯선 모습으로 떠났다. 나는 데미안의 어머니를 집까지 모셔왔다. 머지않아 나 역시 에바 부인과 작별 인사를 했다. 그녀는 내 입술에 입을 맞추고 잠시 동안 나를 꼭 끌어안았다. 내 눈을 바라보는 그녀의 커다란 눈동자가 가까이에서 강렬하게 타고 있었다.

모든 사람은 형제와도 같았다. 모두가 조국과 명예를 이야기했다. 하지만 그들 모두가 본 것은 한순간 베일을 벗은 운명의 얼굴이었다. 젊은 청년들이 막사를 나와 기차에 올라탔다. 수많은 얼굴에서 나는 표식을 보았다. 우리의 표식이 아니라 사랑과 죽음을 뜻하는 아름답고 엄숙한 표식이었다.

한 번도 보지 못한 사람들이 나를 꼭 안아주었다. 왜 그러는지 이해할 수 있었기에 나도 기꺼이 응했다. 그들이 그렇게 행동한 것은 열광에 취했기 때문이지 운명의 뜻은 아니었다. 하지만 그 도취 상태도 신성했다. 짧게나마 정신을 깨우는 운명의 눈을 바라보았기에 생겨난 도취였기 때문이다.

내가 전장에 나갔을 때는 이미 겨울이었다.

처음에는 내가 총을 쏜다는 흥분에도 불구하고 모든 것이 실망스러웠다. 예전에는 이상을 위해 사는 사람이 왜 그렇게 적을까 생각했다. 지금은 많은, 아니 모든 인간이 이상을 위해 죽을 수 있다는 사실을 깨달았다. 하지만 그런 이상은 언제나 개인적이고, 자유롭고, 스스로 선택한 이상이 아니라 공동체의 이상이며 남들이 지워준 이상이어야 했다.

시간이 지나면서 내가 사람들을 과소평가했다는 것을 알았다. 군복무와 공동의 위험이 그들을 획일화시켰다고 해도, 나는 많은 이가 살아남고 죽어가면서 훌륭하게 운명의 의지에 다가가는 모습을 보았다. 많은, 너무나 많은 사람이 공격할 때뿐 아니라 모든 순간에 강하면서도 아득한, 어딘가 홀린 듯한 눈빛을 하고 있었다. 전쟁의 명분을 전혀 모르지만 거대한 운명에 온전히 자신을 내맡긴 듯한 눈빛이었다. 설령 그들이 무엇이든 스스로 원하여 믿고 생각한다고 해도, 그들은 준비되어 있었고 쓸모 있었으며 그들로 인해 미래가 만들어질 터였다.

그리고 세계가 전쟁과 영웅에, 명예와 낡은 이상에 집중할수록, 밖으로 들리는 인류의 목소리가 더 멀고 희미해질수록 모든 것이 껍데기에 불과했다. 전쟁의 대외적이고 정치적인 목적이 껍데기에 불과하듯이 말이다. 저 깊은 곳에서 무엇인가가 만들어지고 있었다. 무엇인가 새로운 인류 같은 것이. 많은 사람(그들 중 대다수는 내 눈앞에서 죽었다)이 대상에 관계없이 증오와 분노를 보이며 타인을 때려 죽이고 총을 쏘는 상황이 내게는 너무 잘 느껴졌기 때문이다.

그랬다, 적은 전쟁의 목적과 마찬가지로 우연히 만난 대상에 불과했다. 그들이 잔인하게 행동할 때도 가장 근원적인 감정은 적을 향하지 않았다. 그들의 난폭한 행위는 내면의 표출일 뿐이었다. 내면에서 갈기갈기 찢긴 영혼이 새롭게 태어날 수 있도록 광란에 휩싸여 사람을 죽이고 파괴하고 자신도 죽였다. 거대한 새가 알에서 깨어나기 위해 몸부림치고 있었다. 알은 세계였고 세계는 산산이 부서져야 했다.

봄이 가까운 어느 밤 나는 우리가 점령한 농장 앞에서 보초를 서고 있었다. 미세한 바람이 제멋대로 간간이 불었고 플랑드르의 높은 하늘에는 구름이 잔뜩 끼어 있었다. 구름 뒤 어딘가에 달이 있는 것 같았다. 그날은 하루 종일 알 수 없는 두려움이 나를 불안하게 했다. 이제 어두컴컴한 초소에서 마음속 깊이 지금까지의 삶과 에바 부인, 데미안의 모습을 떠올렸다. 포플러나무에 몸을 기대고 서서 움직이는 하늘을 정신없이 바라보았다. 조금씩 씰룩거리던 밝은 빛이 끊임없이 바뀌는 거대한 광경으로 바뀌었다.

나는 맥박이 이상하게 약해지고, 피부가 바람과 비를 전혀 느끼지 못하며, 마음속에 타는 듯한 경각심이 이는 것을 보고 인도자가 가까이 왔다는 것을 알았다.

구름 속에 커다란 도시가 보였다. 도시에서 수백만 명이 쏟아져나와 떼를 지어 넓은 평야로 흩어졌다. 그들의 무리 한가운데 강력한 신의 형상이 나타났다. 머리에 반짝이는 별을 달고 에바 부인의 모습을 한, 산처럼 거대한 형상이었다. 사람들의 행렬이 거대한

동굴 속으로 들어가듯 그녀의 형상 속으로 들어가 사라졌다. 여신이 땅으로 몸을 굽히자 이마의 표식이 밝게 빛났다. 어떤 꿈이 그녀를 괴롭히는 것 같았다. 여신은 눈을 감았고 커다란 얼굴이 고통으로 일그러졌다. 여신이 날카로운 소리를 지르자 이마에서 별들이 튕겨나왔다. 수천 개의 반짝이는 별이 아름다운 반원과 호를 그리며 깜깜한 하늘로 날아올랐다.

별 하나가 쨍 하고 울리는 소리를 내며 내 쪽으로 날아왔다. 나를 찾는 것 같았다. 그 별은 갑자기 쾅 소리를 내며 수천 개의 불꽃으로 쪼개졌고, 나를 허공에 들었다가 다시 바닥으로 내던졌다. 굉음과 함께 세계가 내 위로 부서져내렸다.

사람들은 포플러나무 근처에서 심한 부상을 입고 흙으로 뒤범벅된 나를 찾아냈다.

나는 지하실에 누워 있었고 위에서는 포탄 터지는 소리가 났다. 나는 수레에 누워 텅텅 빈 들판을 지나갔다. 나는 계속 잠을 자거나 의식이 없었다. 하지만 잠에 깊이 빠져들수록 무언가가 나를 끌어당기고 있음을, 내가 나를 지배하는 힘을 좇아가고 있음을 강하게 느꼈다.

나는 헛간의 짚더미에 누워 있었다. 사방이 어두웠고 누군가 내 손을 밟고 지나갔다. 하지만 나의 내면은 더 강렬하게 이동하고 싶어 했다. 나는 다시 수레에 누웠고, 나중에는 들것인지 사다리인지에 누워 있었다. 나는 점점 더 강하게 어디론가 갈 것을 명령받았고, 기필코 그곳에 가야겠다는 열망 외에 다른 것은 아무것도 느끼지 못했다.

마침내 목적지에 이르렀다. 밤늦은 시간이었고 의식이 또렷했다. 아직도 내 안에서 나를 끌어당긴 힘과 열망이 강하게 느껴졌다. 나는 낯선 건물 바닥에 누워 있었다. 내가 부름을 받은 바로 그 장소에 왔다는 것이 느껴졌다. 주변을 둘러보았다. 내가 누운 침대 바로 옆에 또 다른 침대가 있었고, 거기 누워 있던 사람이 몸을 기울여 나를 쳐다보았다. 그 사람의 이마에는 표식이 달려 있었다. 바로 막스 데미안이었다.

나는 말을 할 수 없었다. 그도 말을 할 수 없었거나 말하려 하지 않았다. 데미안은 그저 나를 바라보았다. 데미안의 머리 위 벽에 걸린 등불이 그의 얼굴을 비추고 있었다. 데미안은 내게 미소를 지어 보였다.

하염없이 오랜 시간 그는 줄곧 내 눈을 바라보았다. 그의 얼굴이 내 얼굴에 닿을 정도로 가까이 다가왔다.

"싱클레어!" 그가 속삭였다.

나는 이해한다는 표시로 그에게 눈을 깜빡였다.

데미안은 측은하다는 듯 다시 미소를 지었다. "이 꼬마야!"

그의 입은 이제 내 입에 거의 닿을 듯했다.

데미안이 조용히 말을 이었다. "프란츠 크로머를 아직 기억하니?"

나는 그에게 눈을 찡긋했다. 미소도 지을 수 있었다.

"싱클레어, 이 친구야, 잘 들어! 나는 멀리 떠나야 할 거야. 언젠가 네게 다시 내가 필요할지도 몰라. 크로머나 다른 일 때문에 말이야. 그땐 네가 날 불러도 말을 타고 가거나 기차로 가는 것처럼 바로 달려가지 못할지도 몰라. 그럴 땐 네 마음에 귀를 기울여야 해. 네 안에 내가 있다는 걸 알 수 있을 거야, 알겠니? 한 가지 더 있어! 에바 부인이 말했어. 네게 안 좋은 일이 일어나면 그녀가 내게 준 입맞춤을 네게 꼭

전하라고 말이야. 눈을 감아, 싱클레어!"

나는 그의 말대로 눈을 감았다. 피가 조금도 멈추려 하지 않고 조금씩 배어나오는 내 입술에 가벼운 입맞춤이 느껴졌다. 그리고 나는 잠이 들었다.

다음 날 아침 사람들이 붕대를 갈기 위해 나를 깨웠다. 정신이 들자마자 옆 침대로 몸을 돌렸다. 한 번도 본 적 없는 낯선 사람이 누워 있었다.

붕대를 감는 일은 고통스러웠다. 그 후 내게 일어난 모든 일이 고통스러웠다. 하지만 이제 가끔씩 열쇠를 찾아 나 자신 안으로, 운명의 모습들이 잠들어 있는 어두운 거울 속으로 들어가면 된다. 캄캄한 거울 위로 몸을 굽히면 된다. 거기서 나의 친구이고 나의 인도자였던 그와 똑같은 나 자신을 본다.

헤르만 헤세

Hermann Hesse, 1877~1962

독일의 신학자 가문에서 태어났다. 열세 살 때 신학교에 들어갔지만 작가가 되고 싶어 했고, 결국 학교를 중퇴하고 시계 공장 직원이 되었다. 얼마간 방황하던 그는 튀빙겐의 서점에서 일하며 글을 쓰기 시작했다. 1895년 첫 시집과 산문집을 출판하였고 1904년 장편 소설「페터 카멘친트」를 출간하여 작가로서 명성을 얻었다. 이때부터 문학에 전념하기 시작한 헤세는 아홉 살 연상의 피아니스트와 결혼하여 스위스 접경 지역으로 이주하였다. 그는 당시 독일의 극단적 애국주의에 동조하지 않는다는 이유로 심한 비난에 시달렸고 가정불화까지 겹쳐 정신 치료를 받게 되었다. 1919년

에밀 싱클레어라는 필명으로「데미안」을 발표하여 독일에서 큰 반향을 일으켰다. 이즈음부터 그림을 그리며 정신적 안정을 얻었고 자신의 작품에 직접 삽화를 그리기도 했다. 1943년 지식인의 삶을 그린「유리알 유희」를 완성하여 1946년 괴테상과 노벨문학상을 받았다. 순수한 인간성과 자아를 찾기 위한 열망, 동양의 정신성 등 철학적 화두를 작품으로 구현해낸 헤세는 여든다섯 살에 뇌출혈로 사망하였다.

데미안

2017년 2월 2일 1판 1쇄 발행
2023년 11월 10일 5쇄 발행
지 은 이 헤르만 헤세
옮 긴 이 박지희
발 행 인 이상영
편 집 장 서상민
편 집 인 한성옥, 이경은, 채지선
디 자 인 서상민, 오소명
마 케 팅 이인주
교정·교열 노경수
펴 낸 곳 디자인이음
등 록 일 2009년 2월 4일:제300-2009-10호
주 소 서울시 종로구 효자동 62
전 화 02-723-2556
메 일 designeum@naver.com
blog.naver.com/designeum
instagram.com/design_eum